# 詞繫

第六分冊

〔清〕秦巘 编著
鄧魁英 劉永泰 整理

北京师范大学出版社

匯例詞牌總譜

汇例词牌总谱

# 詞繫卷二十二 宋 金附

## 醉太平 三十八字　一名四字令　醉思凡　凌波曲　醉思仙

閨情　劉過

情高意真韻，眉長鬢青叶。小樓明月調笙叶，寫春風數聲叶。　思君憶君叶，魂牽夢縈叶。翠綃香暖雲屏叶，更那堪酒醒叶。

《太平樂府》注南呂宮。《太和正音譜》注正宮，又入仙呂宮、中呂宮。《九宮大成》入南詞正宮正曲。一名《昇平樂》，入北詞高宮隻曲。一名《凌波曲》，又入北詞雙角隻曲。周密詞名《四字令》。孫惟信詞名《醉思凡》。元劉壎詞名《醉思仙》。

《集解》云：昉自後蜀歐陽炯通調用四字成句，故名《四字令》。愚按：歐陽炯有《三字令》，此說大誤。

「意」、「鬢」、「憶」、「夢」四字必去聲，「寫」、「數」、「更」、「酒」四字必仄聲。「翠」可平。兩結句是一領四字句，均勿誤。「憶」字入作去，「那」字上作平，各家皆同。「真」、「君」二字入庚青韻，雜。「笙」字，《汲古》作「箏」。「雲」字，葉《譜》作「銀」。

又一體四十五字

春景　辛棄疾

態濃意遠韻顰輕笑淺叶薄羅衣窄絮風軟叶鬢雲欹翠捲叶南園花樹春暖叶香徑裡豆榆錢正

滿叶欲上鞦韆又驚懶叶且歸休怕晚叶

此用仄韻。前後段第三句七字，比劉作多一字。後段首句六字，次句七字，與前異。「意遠」、「笑淺」、「絮軟」、「翠捲」、「正滿」、「又懶」、「怕晚」等字，皆用去上。「鬢」、「且」二字用仄最吃緊，勿誤。「顰輕」二字，《汲古》、《詞律》作「眉顰」，「欹」字作「欺」，「徑」字作「鏡」。「春」字下多「光」字，「錢」字下缺「正」字，皆誤。今從《歷代詩餘》本。

竹香子五十字

同郭季端訪舊不遇有作

一項窗兒明快韻料想那人不在叶薰籠脫下舊衣裳句件件香難賽叶　匆匆去得忒嚓叶這鏡
兒豆也不曾蓋叶千朝百日不曾來句沒這些兒個采叶

此調僅見此詞，與《行香子》無涉，各譜多未載。

## 唐多令六十字　唐或作糖　一名南樓曲　箜篌曲

安遠樓小集，侑觴歌板之姬黄其姓者，乞詞於龍洲道人，爲賦此《糖多令》，同柳阜之、劉去非、石民瞻、周嘉仲、陳孟參、孟容，時八月五日也。

蘆葉滿汀洲韻寒沙帶淺流叶二十年豆重到南樓叶柳下繫舟猶未穩句能幾日豆又中秋叶　黄鶴斷磯頭叶故人今在不叶舊江山豆總是新愁叶欲買桂花重載酒句終不似少年游叶

《太和正音譜》注越調，亦入高平調。《九宫大成》入南詞仙吕宫引，名《糖多令》。又入北詞平調隻曲。「唐」，《汲古》作「糖」。吴文英詞名《南樓令》，周密詞名《糖多令》。張翥詞有「花下鈿箜篌」句，名《箜篌曲》。「到」字，《汲古》作「過」，「舟」字作「船」，「今在」二字作「曾到」。「總」字作「渾」，《本事詞》作「都」，「重」字作「同」。「鶴」字，《本事詞》作「鵠」。「帶」、「十」、「柳」、「繫」、「總」、「欲」、「不」可平。「蘆」、「重」、「黄」、「桂」、「終」可仄。「在不」「不」字平聲。

## 南樓令六十一字　吴文英

何處合成愁韻離人心上秋叶縱芭蕉豆不雨也颼颼叶都道晚涼天氣好句有明月豆怕登樓叶　年事夢中休叶花空烟水流叶燕辭歸豆客尚淹留叶垂柳不縈裙帶住句謾長是豆繫行舟叶

因劉詞有「重過南樓」句，故名《南樓令》。

「縱芭蕉」句八字，比劉作多一字。《詞統》謂「縱」字爲襯字，《詞律》謂止可「也」字注襯。萬氏每謂詞無襯字，如此詞則又何説之辭？説詳凡例。

**糖多令**六十二字

閨怨　　周密

絲雨織鶯梭韻浮錢點細荷叶燕風輕豆庭宇正清和叶苔雨唾茸堆綉徑句春去也豆奈春何叶
宮柳老青蛾叶題紅隔翠波叶扇鸞孤豆塵暗合歡羅叶門外緑陰深似海句應未比豆舊愁多叶

前後第三句皆八字，是因吴詞而衍之也。萬樹未見此體，遂謂周作多一字。亦不遍考諸名家詞之過也。「細」字，《草窗詞》作「翠」，「雨」字作「面」。今從《蘋洲漁笛譜》。

**四犯剪梅花**九十三字　一名轆轤金井　月城春

上建康錢太郎壽

水殿風涼句賜環歸豆正是夢熊華旦韻（解連環）疊雪羅輕句稱雲章題扇叶（醉蓬萊）西清侍宴叶望黄傘豆日華龍輦叶（雪獅兒）金券三王句玉堂四世句帝恩偏眷叶（醉蓬萊）臨安記豆龍飛鳳舞句信神明有後句竹梧陰滿叶（解連環）笑折花看句橐荷香紅淺叶（醉蓬萊）功名歲晚叶帶河與豆

礪山俱遠叶（雪獅兒）麟脯杯行句狨韉坐穩叶內家宣勸叶（醉蓬萊）

此調兩用《醉蓬萊》，合《解連環》、《雪獅兒》故曰《四犯剪梅花》。《詞律》謂前後起與《解連環》不合，且不解《剪梅花》之義。愚按：《解連環》、《雪獅兒》間插於《醉蓬萊》之中，宛轉迴環，故又名《轆轤金井》。如今世小曲有名《穿心》者，有名《五瓣梅》者，即是此格。《剪梅花》者，梅花本五瓣而剪去其一耳。所謂四犯者，所犯宮調，不必字句悉同也。盧祖皋詞名《月城春》。《歷代詩餘》云：一名《錦園春》，一名《三犯錦園春》。所據未詳。「稱雲章」句，「橐荷香」句，是一領四字句。「侍宴」二字，「歲晚」二字，宜去上。「鳳」字宜去聲。換頭，《汲古》空一格。戈氏本無「記」字，與後合。「籠」字，《詞律》作「龍」，誤。「淺」字，《汲古》作「潤」，《詞律》注借叶，「俱」字作「長」。今據《詞譜》訂正。

## 轆轤金井九十二字

席上贈馬僉判舞姬　劉過

翠眉重拂句後房深句自喚小蠻嬌小韻綉帶羅垂句報濃妝纔了叶堂虛夜悄叶但依約豆鼓簫聲鬧叶一曲梅花句樽前舞徹句梨園新調叶　高陽醉山未倒叶看鞵飛鳳翼句玉釵微裊叶秋滿東湖句更西風涼早叶桃源路杳叶記流水豆泛舟曾到叶桂子香濃句梧桐影轉句月寒天曉叶

此與《四犯剪梅花》無異，自是一調。只換頭句少一字，且叶韻，起句平仄異。《詞律》每好歸併調名，屢駁《圖譜》，何獨此調遺漏，自蹈其轍。亦由比較字數之誤耳。

「玉釵微裊」，《詞律》作「釵褪微溜」，《詞律》注借叶。今從述古堂本，與《四犯剪梅花》平仄悉同。「蠻」字，《汲古》

作「變」，「依」字作「夜」，誤。「梨」字一作「梁」。「涼」字，葉《譜》作「寒」，與後重。

## 月城春 九十二字

盧祖皋

晝長人倦韻正凋紅漲綠句懶鶯忙燕叶絲雨濛晴句放珠簾高捲叶神仙笑宴叶半醒醉豆彩鸞飛遍叶碧玉闌干句青油幢幕句沉香庭院叶　洛陽畫圖舊見叶向天香深處句猶認嬌面叶霧縠霞綃句鬥綺羅裁剪叶情高意遠叶怕容易豆曉風吹散叶一笑何妨句銀臺換蠟句銅壺催箭叶

此與前調字句悉合，自是一調異名。只首句起韻，次句於第五字斷，略異。《詞律》失收。

## 西吴曲 百五字

說襄陽豆舊事重省韻記銅鞮巷陌醉還醒叶笑鶯花別後句劉郎憔悴萍梗叶倦客天涯句還買個豆西風輕艇叶便欲訪豆騎馬山翁句問峴首豆那時風景叶　襄王城裡句知幾度經過句摩挲故宮柳癭叶漫弔影豆冷烟衰草淒迷句傷心興廢句賴有陽春古郢叶乾坤誰望句六百里路中原句空老盡英雄句腸斷劍鋒冷叶

唐樂府有西曲吴曲，皆清商曲，是合西曲吴曲爲一調也。當是商聲。

《龍洲集》不載，《詞律》失收。
「影」字，《詞譜》作「景」，重叶。但「影」字原可作「景」，今改正。

## 玉人歌 八十八字

楊炎正

西風起韻又老盡籬花句寒輕香細叶漫題紅葉句句裡誰會叶長天不恨江南遠句苦恨無書寄叶最相思句盤橘千枚句膾鱸十尾叶　鴻雁阻歸計叶算愁滿離腸句十分豈止叶倦倚闌干句顧影在天際叶凌烟圖畫青山約句總是浮生事叶判從今句買取朝酲夕醉叶

《汲古》、《詞律》及各本皆作楊炎，《武林舊事》有楊炎正。《宋詩紀事》云：字濟翁，有《西樵語業》一卷，《詞綜》號止濟翁，誤。

此調只「漫題紅葉」四字上，比《探芳信》少一字，應是一調。

## 探芳信 九十字　信一作訊

史達祖

謝池曉韻被酒殢春眠句詩縈芳草叶正一階梅粉句都未有人掃叶細禽啼處東風軟句嫩約關心早叶未曉燈句怕有殘寒句故園稀到叶　說道叶試妝了叶也爲我相思句佔他懷抱叶靜數窗櫺句最恢聽豆鵲聲好叶半年白玉臺邊話句屢見瓊鈎小叶指芳期句夜月花陰夢老叶

換頭二字叶韻，前段第三句多一字，後段第五句多一字。餘悉同楊作，自是一調。通首用上聲韻。「謝池曉」，「有人掃」，「試妝了」，「鵲聲好」，用仄平仄。「夢老」用去上，各家皆同。「殢」字，《汲古》作「滯」，「忺」字作「歡」，皆誤。

## 又一體九十字

賀雲麓先生秘閣滿月　　吴文英

探春到韻見彩花釵頭句玉燕來早叶正紫龍眠重句明月弄清曉叶夜塵不沁銀河水句金盎供新澡叶鎮帷犀句護緊東風句秀藏芝草叶　星斗燦懷抱叶問霧暖藍田句玉長多少叶禁苑傳香句柳邊語句聽鶯報叶片雲飛趁春潮去句紅軟長安道叶試回頭句一點蓬萊翠小叶

前次句作仄仄平平平，與史作異。吴作另二首、蔣捷一首同。「鎮帷犀」七字，吴又一首作「試把龍唇供來時」，與此異。換頭第二字不叶。「玉（作平）燕來早」，「玉（作平）長（上）多少」，作平仄平仄，各家同。均與史作異。「夜」、「不」可平。「金」、「紅」可仄。「玉」字作平。「探」、「長」、「聽」去聲。

## 又一體九十字　　吴文英

與李方菴聯舟入杭，時方菴至嘉興，索舊燕同載。是夕，雪大作，林麓州渚皆瓊瑤。方菴馳小序求詞，且約訪桑公甫。

夜寒重韻見羽葆將迎句飛瓊入夢叶整素妝歸處句中宵按瑤鳳叶舞春歌夜棠梨岸句月冷和雲凍叶畫船中豆太白仙人句錦袍初擁叶　應過涪溪否句試笑挹中郎句還扣清弄叶粉黛湖山句欠攜酒句共飛鞚叶洗杯時換銅觚水句待作梅花供叶問何時豆帶雨鋤烟自種叶

換頭句不叶韻。餘同前作。

## 又一體八十九字

吴文英

丙申歲，吴燈市盛常年。余借宅幽坊，一時名勝遇合，置杯酒，接殷勤之歡，甚盛事也。分鏡字韻。

暖風定韻正賣花吟春句去年曾聽叶旋自洗幽蘭句銀屏鈞金井叶斗窗香暖慳留客句街鼓還催暝叶調雛鶯句試遣深杯句喚將愁醒叶　燈市又重整叶待醉勒游繮句緩穿斜徑叶暗憶芳盟句綃帕淚猶凝叶吴宮十里吹笙路句桃李都羞靚叶繡簾人句怕惹飛梅翳鏡叶

後段第五句五字，比前作少一字。周密一首同。

**又一體**八十九字　一名西湖春

西湖春感寄草窗　　張　炎

坐清晝韻正治思縈花句餘酲倦酒叶甚探芳人老句芳心尚如舊叶清魂忍説銅駝事句不是因春瘦叶向西園句竹掃頽垣句蔓羅荒甃叶　風雨夜未驟叶嘆歌冷鶯簾句恨凝蛾岫叶愁到今年句多似去年否叶賦情懶聽山陽笛句目極空搔首叶我何堪句老卻江潭漢柳叶

因題是《西湖春感》，故一名《西湖春》。

「多似」句與前段同，比前作少一字。周密、李彭老和詞同，平仄照注。「羅」字一作「延」，「懶」字作「怕」，「漢」字作「溪」，誤，此字當用去聲。「倦」、「不」、「目」、「老」可平。「歌」可仄。「探」平聲。

**又一體**九十字　　吴禮之

金風顫葉句那更餞別江樓韻聽淒切豆陽關聲斷句楚館雲收叶去也難留叶萬重烟水一扁舟叶錦屏羅幌句多應換得句蓼岸蘋洲叶　凝想恁時歡笑句傷今萍梗悠悠叶漫回首豆妖嬈何處句眷戀無由叶先自悲秋叶眼前景物只供愁叶寂寥情緒句也恨分淺句也悔風流叶

此用平韻，句法與前不同。僅見此詞。「恨」宜平。

## 漁父詞 十八字

戴復古

漁父飲句不須錢韻柳枝斜貫錦鱗鮮叶換酒卻歸船叶

此與《漁歌子》、《漁父引》皆不同，故另列。《石屏詞》、《詞律》俱不載。

### 又一體 十八字

漁父醉句釣竿閒韻柳下呼兒牢繫船叶高眠風月天叶

後二句平仄與前異。

## 且坐令 七十字

韓玉

閒院落韻誤了清明約叶杏花雨過胭脂綽叶緊了鞦韆索叶鬥草人歸句朱門悄掩句梨花寂寞叶書萬紙豆恨憑誰託叶纔封了豆又揉卻叶冤家何處貪歡樂叶引得我豆心兒惡叶怎生全不思量着叶那人人情薄叶

此調僅見此首，未詳命意。《汲古》毛晉跋云：其自度曲也，押韻頗峭。

「纔封了」三字，一本作「剛匆匆封了」。

## 八歸百十三字

重陽前一日懷梅溪　　高觀國

楚峰翠冷句吴波烟遠句吹袂萬里西風韻關河迴隔新愁外句遥憐倦客音塵句未見征鴻叶雨帽風巾歸夢杳句想吟思豆吹入飛篷叶料恨滿豆幽苑離宫句正愁黯文通叶　秋濃叶新霜初試句重陽催近句醉紅偷染江楓叶瘦筇相伴句舊游回首句吹帽知與誰同叶想萸囊酒盞句暫時冷落菊花叢叶兩凝佇豆壯懷無奈句立盡微雲斜照中叶

調名未詳。或因九月八日作詞，内有「歸夢杳」字，取意在此。抑通體八韻，用八曲合成，如《八寶妝》體之義，均未可知。「黯」字、「照」字必用去聲。「宫」字是偶合，此處不應叶。「無奈」二字各本缺，據《詞律訂》增補。「倦」字，一作「俠」，誤。「思」去聲。

## 又一體百十五字

史達祖

秋江帶雨句寒沙縈水句人瞰畫閣愁獨韻烟蓑散響驚詩思句還被亂鷗飛去句秀句難續叶冷眼盡歸圖畫上句認隔岸豆微茫雲屋叶想半屬豆漁市樵村句欲暮競燃竹叶　須信風流未老句憑誰

持酒句慰此淒涼心目叶一鞭南陌句幾篙官渡句賴有歌眉舒綠叶只匆匆眺遠句早覺閒愁掛喬木叶應難禁豆故人天際句望徹淮山句相思無雁足叶

姜夔詞自注雙調。

此用入聲韻，惟結處比高作多二字。「閣」（去聲）、「競」、「掛」、「雁」四字必去聲，勿誤。姜夔一首與此同，只「句」字作平，餘悉合。「憑誰持酒」句，《汲古》作「憑持酒」，缺一字，《詞律》加一□，一本作「樽」字。「淒」字一作「清」。「禁」字，《汲古》作「奈」。今據《宋七家詞選》本。「盡」可平。「愁」可仄。「思」、「禁」去聲。

## 步月 九十六字

史達祖

剪柳章臺句問梅東閣句醉中攜手初歸韻逗香簾下句璀璨縷金衣叶正依約豆冰絲射眼句更荏苒豆蟾玉西飛叶輕塵外豆雙鴛細蹙句誰賦洛濱妃叶　霏霏叶紅霧繞句步搖共鬢影句吹入花圍叶管絃將散句人靜燭龍稀叶泥私語豆香櫻乍破句怕夜寒豆羅襪先知叶歸來也豆相偎未肯入重幃叶

此調前無作者。

「射」、「霧」、「鬢」、「乍」四字必去聲，勿誤。「簾」字，葉《譜》作「樓」。「泥」去聲。

又一體九十四字

茉莉　　施岳

玉宇薰風句寶階明月句翠叢萬點晴雪韻煉霜不就句散廣寒飛屑叶採珠蓓豆綠萼露滋句嗔銀艷豆小蓮冰潔叶花魂在句纖指嫩痕句素英重結叶　枝頭香未絕叶還是過中秋句丹桂時節叶醉鄉冷境句怕翻成消歇句玩芳味豆春焙旋熏句貯穠韻豆水沉頻爇叶堪憐處句輸與夜涼睡蝶叶

原注：茉莉，嶺表所産，古今詠者不甚多。文公曾詠二絶句，鄒道鄉亦曾題詠。此篇「小蓮冰潔」之句，狀茉莉最佳。

此花四月開，直至桂花時尚有。「玩芳味」，古人用此花薰茶，故云。

此用仄韻，兩結比史作各少一字，換頭二字不叶韻，「不」字、「冷」字仄聲，「露」、「嫩」、「重」、「未」、「旋」、「睡」等字去聲，「小」字、「水」字上聲，勿誤。「蓓」字，葉《譜》作「蕊」，「韻」字作「艷」。「旋」去聲。

玉簟涼九十七字

秋是愁鄉韻自錦瑟斷弦句有淚如江叶平生花裡活句奈舊夢難忘叶藍橋雲樹正綠句料抱月豆幾夜眠香叶河漢阻豆但鳳音傳恨句闌影敲涼叶　新妝叶蓮嬌試巧句梅瘦破春句因甚卻扇臨窗叶紅巾銜翠翼句早弱水茫茫叶柔指各自未剪句問此去豆莫負王昌叶芳信準句更教尋豆紅杏西廂叶

此無他作，想是創製。

「奈舊夢」句，「早弱水」句，是一領四字句。「斷」、「樹」、「正」、「破」、「自」、「未」六字去聲，不可易。「指」、「各」作平。「教」字，《汲古》作「敢」，誤。「巧」字作「曉」。

## 雙雙燕九十八字

詠燕

過春社了句度簾幕中間句去年塵冷韻差池欲住句試入舊巢相並叶還相雕梁藻井叶又軟語豆商量不定叶飄然快拂花梢句翠尾分開紅影叶　芳徑叶芹泥雨潤叶愛貼地爭飛句競誇輕俊叶紅樓歸晚句看足柳昏花暝叶應是棲香正穩叶便忘了豆天涯芳信叶愁損翠黛雙蛾句日日畫闌獨憑叶

蔣氏《九宮譜》入小石調。此詠本意，名始於此，想是創作。向來詞家推爲絶作，然用庚青韻雜入真文，亦是一病，學者不可從。《詞律》所論平仄誠然。愚按：凡名家所製之曲，平仄悉當遵依。或有他詞異同，可以通用，否則謹守爲是。蓋詞中音韻，無譜可稽，不可以臆見改之也。「社」、「藻」、「雨」、「正」四字必仄聲，勿誤。「度」、「試」、「軟」、「日」可平。「志」可仄。「不」、「獨」作平。「相」去聲。

## 又一體九十六字

吴文英

小桃謝後句雙雙燕句飛來幾家庭户韻輕烟曉暝句湘水暮雲遥度叶簾外餘寒未捲句共斜入豆紅

樓深處叶相將佔得雕梁句似約韶光留住叶　堪舉叶翩翩翠羽叶楊柳岸句泥香半和梅雨叶落花風軟句戲從亂紅飛舞叶多少呢喃意緒叶盡日向豆流鶯分訴叶還過短牆句誰會萬千言語叶

前段第六句不叶韻。「還過短牆」四字比史作少二字，《詞譜》作「還憐瞥過短牆」。「雙雙」二字，「楊柳」二字，平仄亦異。

## 換巢鸞鳳百字

梅意

人若梅嬌韻正愁橫斷塢句夢繞溪橋叶倚風融漢粉句坐月怨秦簫叶相思因甚到纖腰叶定知我今無魂可銷叶佳期晚句漫幾度豆淚痕相照換仄叶　人悄仄叶天渺渺仄叶花外雨香句時透郎懷抱仄叶暗握荑苗句乍嘗櫻顆句猶恨侵階芳草仄叶天念王昌忒多情句換巢鸞鳳教偕老仄叶溫柔鄉句醉芙蓉豆一帳春曉仄叶

《汲古》題下注《花菴》作「春情」。

此調無他作者，自是創製，乃平仄互叶體。此等調平仄一字不可移易，勿沿《圖譜》之誤。葉《譜》於前段「今」字斷句，後結「醉」字斷句。

## 月當廳 百一字

白璧舊帶秦城夢句因誰拜下句楊柳樓心韻正是夜分魚鑰句不動香深叶時有露螢自招颭句風裳可喜影麩金叶坐來久句都將涼意句盡付沉吟叶　殘雲事緒無人拾句恨匆匆豆藥蛾歸去難尋叶綴取霧窗曾唱句幾拍清音叶猶有老來印愁處句冷光應念雪翻簪叶空獨對句西風緊弄句一井桐陰叶

此調他無作者，自是創製，與《霜天曉角》之別名不同。「夜」、「自」、「霧」、「印」四字必去聲。《詞律》謂「璧」字入作平，是。又謂「因誰」上應有「問」字。「招颭」二字，《汲古》作「照佔」，於「照」字句，遂謂「猶有」應作「猶拍」。「印愁處」應於「印」字句，「愁」字屬下。其實別本作「招颭」，本七字句，何必牽強妄改乃爾。「拾」字，《汲古》作「舍」。葉《譜》於「夜分」句，「霧窗」句，「緊」字句。「城」字作「樓」，「事」字作「意」。

## 壽樓春 百一字

尋春服感念

裁春衫尋芳韻記金刀素手句同在晴窗叶幾度因風殘絮句照花斜陽叶誰念我句今無裳叶自少年豆消磨疏狂叶但聽雨挑燈句欹牀病酒句多夢睡時妝叶　飛花去句良宵長叶有絲闌舊曲句金譜新腔叶最恨湘雲人散句楚蘭魂傷句身是客句愁爲鄉叶算玉簫豆猶逢韋郎叶近寒食人家句相思未

忘蘋藻香叶

此調乃創製，他無作者。許昂霄云：「梅溪曾有騎省之戚，故此闋及《夜行船》一闋，全寓此意。」此調多連用平聲字，是格調如此，特爲標出，不可效《圖譜》改易。「裳」字，《汲古》作「腸」，一本少「人家」二字，皆誤。今改正。

## 綺羅香 百四字

春雨

做冷欺花句將烟困柳句千里偷催春暮韻盡日冥迷句愁裡欲飛還住叶驚粉重豆蝶宿西園句喜泥潤豆燕歸南浦叶最妨他豆佳約風流句鈿車不到杜陵路叶　沉沉江上望極句還被春潮晚急句難尋官渡叶隱約遥峰句和淚謝娘眉嫵叶臨斷岸豆新綠生時句是落紅豆帶愁流處叶記當日豆門掩梨花句剪燈深夜語叶

蔣氏《九宫譜》入商調。

此調前無作者，其爲自度無疑。與《步月》相仿，只兩結互異，且用仄韻。「杜」、字、「上」字去聲，「夜語」二字去上聲，各家同，勿誤。「驚粉重」三字四句，各家平仄多不同。然如此詞者多，宜謹守。「蝶」、「鈿」、「不」可平。「愁」、「和」、「門」可仄。「日」作平。

### 又一體百三字

張　炎

候館深燈句遼天斷羽句近日音書疑絶韻轉眼傷心句慵看剩歌殘闋叶纔忘了豆還著思量句待去也豆怎禁離別叶恨只恨豆桃葉空江句殷勤不似謝紅葉叶　良宵誰見哽咽叶對熏爐象尺句閒伴凄切叶獨立西風句猶憶舊家時節叶隨款步豆花密藏春句聽怯語豆柳疏簾月叶今休問豆燕約鶯期句夢游空趁蝶叶

後起句叶韻。次句五字，比史作少一字。平仄亦多不同。

### 醉公子百六字

詠梅寄南湖先生

神仙無膏澤韻瓊琚珠佩句捲下塵陌叶秀骨依依句誤向山中句得與相識叶溪岸側叶倚高情豆自鎖烟翠句時點空碧叶念香襟沾恨句酥手剪愁句今後夢魂隔叶　相思暗驚清吟客叶想玉照堂前樹三百叶雁翅霜輕句鳳羽寒深句誰護春色叶詩鬢白叶總多因豆水村攜酒句烟墅留屐叶更時帶豆明月同來句與花爲表德叶

此與《醉公子》小令不同。他無作者，平仄悉宜恪守，不可以其拗而改易也。「下」、「與」、「岸」、「鎖」、「點」、「剪」、

「夢」、「樹」、「護」、「鬢」、「墅」、「表」諸仄聲字，尤當着意。「膏」去聲。

## 醉吟商小品 三十字

姜夔

石湖老人謂予云：琵琶有四曲，今不傳矣。曰濩索（一曰濩絃）梁州，轉關綠腰，醉吟商胡渭州，歷絃薄媚也。予每念之。辛亥之夏，予謁楊廷秀丈於金陵邸中，遇琵琶工解作《醉吟商》、《胡渭州》，因求得品絃法，譯成此譜，實雙聲耳。

又正是春歸句細柳暗黃千縷韻暮鴉啼處叶夢逐金鞍去叶一點芳心休訴叶琵琶解語叶

唐教坊曲《胡渭州》，唐樂府《胡渭州》，商調曲。《宋史·樂志》：《胡渭州》小石調大曲名。又入越調。《九宮大成》入南詞中呂宮正曲。《詞林紀事》云：《北夢瑣言》載，黔南節度使王保義女，善彈琵琶。夢美人授曲，內有《醉吟商》，其宮調也。姜夔自度，乃夾鐘商曲，蓋借舊名另倚新聲耳。《輿地廣記》：渭州，秦屬北地郡，唐屬原州，改名渭州，宋因之。則其來久矣。《詞譜》云：《胡渭州》唐教坊曲，名《醉吟商》。此調《汲古》、《詞律》未載，他無作者，平仄悉宜從之。《詞譜》於「啼處」分段，一本無「又」字。今從《白石歌曲》旁譜。以下俱見旁譜自製曲。

## 鬲溪梅令 四十八字

丙辰冬自無錫歸作此寓意

好花不與殢香人韻浪粼粼叶又恐春風歸去句綠成陰叶玉鈿何處尋叶 木蘭雙槳夢中雲叶小橫陳叶謾向孤山山下句覓盈盈叶翠禽啼一春叶

原注仙吕調自度曲。

「玉」、「翠」二字必用去聲。「何」、「啼」二字必平聲。「小」字，《汲古》作「水」，誤。凡姜詞皆從《白石歌曲》訂正。「玉」作去。

## 杏花天影 五十八字

丙午之冬，發沔口，丁未正月二日，道金陵。北望淮楚，風日清淑，小舟掛席，容與波上。

綠絲低拂鴛鴦浦韻想桃葉豆當時喚渡叶又將愁眼與春風句待去叶倚蘭橈句更少駐叶 金陵路叶鶯吟燕舞叶算潮水豆知人最苦叶滿汀芳草不成歸句日暮叶更移舟句向甚處叶

此姜夔自製曲。《白石歌曲》皆注明宫調，此詞雖有旁譜，獨不注調，不解何意。戈載《翠薇花館詞》云：考其旁譜，起調畢曲皆用下凡，住字亦同。二十八調中用下凡者，惟黃鐘宫。黃鐘宫者，七宫之一，即無射宫也。若正宫之黃鐘宮，則住用合字，清用六字，與此全異。白石又有《惜紅衣》調，注曰無射宮，亦皆用下凡而未兼五者。此則所謂寄煞耳。

此與《杏花天》下半段不同，故另列。《汲古》未載。「喚」、「待」、「少」、「燕」、「最」、「日」、「甚」等字必用仄聲，餘亦當守。一本「甚」字作「何」，誤。

## 淡黃柳 六十五字

客居合肥南城赤闌橋之西，巷陌淒涼，與江左異。唯柳色夾道，依依可憐。因度此闋，以舒客懷。

空城曉角句吹入垂陽陌韻馬上單衣寒惻惻叶看盡鵝黃嫩綠句都是江南舊相識叶　正岑寂叶明朝又寒食叶強攜酒豆小喬宅叶怕梨花豆落盡成秋色叶燕燕飛來句問春何在句唯有池塘自碧叶

原注正平調近。《九宮大成》入南詞羽調正曲。

此調宜用入聲韻。「舊」字、「又」字、「自」字去聲，勿誤，《汲古》於「岑寂」分段，誤。「嫩」可平。「空」、「攜」可仄。

## 又一體 六十五字　張炎

楚腰一撚韻羞剪青絲結叶力未勝春嬌怯怯叶暗託鶯聲細說叶愁蹙眉心鬥雙葉叶　正情切叶

柔條未堪折叶應不解管離別叶奈如今豆已入東風睫叶望斷章臺句馬歸何處句閒了黃昏淡月叶

此亦入聲韻。首句即起韻，餘四聲悉合。

## 玉梅令 六十六字

石湖家自製此聲，未有語實之，命予作。石湖宅南，鬲河有圃曰范村。梅開雪落，竹院深靜，而石湖畏寒不出，故戲及之。

疏疏雪片韻散入溪南苑叶春寒鎖豆舊家亭館叶有玉梅幾樹句背立怨東風句高花未吐句暗香已遠叶

公來領客句梅花能勸叶花長好豆願公更健叶便揉春爲酒句剪雪作新詩叶拚一日豆繞花千轉叶

原注高平調，《九宮大成》入北詞平調隻曲。

《詞律》疑「高」字贅，「更」字恐是「長」字。萬氏未見《白石歌曲》旁譜，全憑臆斷，大謬。葉《譜》「梅」字下多「下」字。

## 惜紅衣 八十八字

吳興號水晶宮，荷花盛麗。陳簡齋云：「今年何以報君恩，一路荷花相送到青墩。」亦可見矣。丁未之夏，予游千巖，數往來紅香中。自度此曲，以無射宮歌之。

枕簟邀涼句琴書換日韻睡餘無力叶細灑冰泉句并刀破甘碧叶牆頭喚酒句誰問訊豆城南詩客叶岑寂叶高樹晚蟬句說西風消息叶　虹梁水陌叶魚浪吹香句紅衣半狼籍叶維舟試望故國叶眇天北叶可惜柳邊沙外句不共美人游歷叶問甚時同賦句三十六陂秋色叶

原注無射宮。《九宮大成》入南詞小石調正曲，許《譜》同。

《翠薇花館詞》云：無射宮即黃鐘宮，起畢皆用下凡，住字亦同。白石兼用五字，乃寄煞也。

此亦自度曲，取「紅衣」句爲名。

《詞律》於「客」字分句。吳文英詞於此處用「曾約南陌」，「約」字非叶。李萊老則劃然兩句分叶。似當以叶爲是。張炎一首亦同，換頭句不叶。《詞譜》於「日」字、「國」字注叶韻，觀後李詞當是。「渺天北」三字，吳作「夜吟」二字，少一字，失叶一韻。定脱誤，故不録。「枕簟」二字，《汲古》作「簟枕」，「柳」字作「渚」。「晚」、「說」、「不」、「六」可平。「魚」可仄。

**又一體**八十九字

寄弁陽翁　　李萊老

笛送西泠句帆過杜曲韻畫陰芳緑叶門巷清風句還尋故人書屋叶蒼華髮冷句笑瘦影豆相看如竹叶幽谷叶烟樹曉鶯句訴經年愁獨叶　殘陽古木叶書畫歸船句匆匆又南北叶蘋洲鷗鷺素熟叶舊盟

續叶甚日浩歌招隱句聽雨弁陽同宿叶料重來時候句香蕩幾灣紅玉叶

「曲」字起韻，「熟」字叶韻，與姜作合。「還尋故人出屋」句六字，比姜作多一字。「書屋」，一本作「出屋」，「出」字費解，今從《絶妙好詞》本。或是「幽」字之訛，或衍文。

**石湖仙**八十九字

壽石湖居士

松江烟浦韻是千古三高句游衍佳處叶須信石湖仙句似鴟夷豆翩然引去叶浮雲安在句我自愛豆緑香紅舞叶容與叶看世間豆幾度今古叶　盧溝舊曾駐馬句爲黄花豆閒吟秀句叶見説吴兒句也學綸巾欹雨叶玉友金蕉句玉人金縷叶緩移箏柱叶聞好語叶明年定在槐府叶

原注越調。

凡姜詞平仄悉宜謹守。吴文英且然，況後學乎？「舞」字，葉《譜》作「嫵」，「學」字作「解」。

**淒涼犯**九十三字　一名瑞鶴仙影（影一作引）

合肥巷陌皆種柳，秋風夕起騷騷然。予客居闔户，時聞馬嘶。出城四顧，則荒烟野草，不勝淒黯，乃著此解。琴有淒涼調，假以爲名。凡曲言犯者，謂以宫犯商、商犯宮之類。如道調宮上字住，雙調亦上字住。所住字同，故道調曲中犯雙調，或於雙調曲中犯道調。其他準此。唐人樂書云：犯有正、旁、偏、側。宮犯宮爲正，宮犯商爲旁，宮犯角爲偏，宮犯羽爲側。此説非也。十二宮所住字各不同，不容相犯，十二宮特可犯商、角、羽耳。予歸行都，以此曲示國工田正德，使以啞觱栗吹之，其韻極美，亦曰《瑞鶴仙影》。

緑楊巷陌韻秋風起豆邊城一片離索叶馬嘶漸遠句人歸甚處句戍樓吹角叶情懷正惡叶更衰草豆寒烟淡薄叶似當時豆將軍部曲句迤邐度沙漠叶　追念西湖上句小舫攜歌句晚花行樂叶舊游在否句想如今豆翠凋紅落叶漫寫羊裙句等新雁豆來時繫著叶怕匆匆豆不肯寄與誤後約叶

原注仙吕調犯商調。

琴曲有《凄涼調》，此襲其名。《汲古》名《凄涼調》，誤。入《夢窗乙稿》。

此調必用入聲韻，平仄悉宜從之。「漸」、「正」、「淡」、「在」、「繫」等字去聲。兩結尤爲緊要。《詞律訂》云：「一片」，「一」字用入用平皆可，用去、上則不可。「陌」字、「曲」字非韻。愚按：「曲」字，各家皆不叶，斷非韻。「陌」字是韻，各家同叶，但不得謂之起韻。「秋」字，《汲古》作「西」。

凡長調皆八韻，所以謂之《八聲甘州》、《八犯玉交枝》也。餘非正韻，或叶或否，各名家和詞皆然。或叶別字，如律詩起句，或和或否也。《暗香》、《疏影》首句，亦同此例。

**又一體**九十一字

賦重臺水仙　　吴文英

空江浪闊句清塵凝豆層層刻碎冰葉叶水邊照影句華裾曳翠句露搔淚濕叶湘烟暮合叶塵襪凌波半涉叶怕臨風豆欺瘦骨句護冷素衣疊叶　　樊姊玉奴恨句小鈿疏唇句洗妝輕怯叶殢人最苦句粉痕深豆幾重愁靨叶花溢香濃句猛熏透豆霜綃細摺叶倚瑶臺十二句金錢暈半滅叶

此名《淒涼調》。

「塵襪」句六字，「欺瘦骨」句三字，比前少二字。「殢」字，《汲古》作「泥」。「霜」字一作「香」。「玉」作平。「凝」去聲。

**又一體**九十四字　　張炎

西風暗剪荷衣碎句有桑絲豆不解重緝韻荒烟斷浦句晴暉零亂句半江摇碧叶悠悠望極叶忍獨聽豆秋色漸急叶更憐他豆柳髮蕭條句相與動愁色叶　　老態今如此句猶自留連句醉筇吟屐叶不堪瘦影句渺天涯豆儘成行客叶因甚忘歸句漫吹裂豆山陽夜笛叶夢三十六陂句流水去未得叶

起句用七字不叶韻，次句比前多一字。《山中白雲詞》無「有」字，然別首作「蘆花深還見游獵」，亦七字。末句一氣貫下，與吴作句讀同。又一首尾作「平沙萬里盡是月」，平仄異。「漸急」二字，一本作「淅瀝」。「猶自留連」二句作「慷慨猶歌，唾壺空擊」。「去未」二字，《詞潔》作「未曾」。「不」作平。

## 瑞鶴仙九十字

張　肯

盈盈羅襪移芳步豆凌波緩踏明月韻清漪照影句玉容凝素句鬢橫金鳳句裙拖翠纈叶渺渺澄江半涉叶晚風生豆寒料峭句消瘦想愁怯叶　我僭爲兄句山礬爲弟句也同奇絶叶餘芳贍馥句尚熏透豆霞綃重疊叶春心未展句閒情在豆兩鬢眉葉叶便蜂黄褪了句豐韻媚粉頰叶

此詠水仙詞也。與周邦彦《瑞鶴仙》正調、《臨江仙》别名《瑞鶴仙令》皆無涉，當加「影」字。與吴文英《淒涼犯》全合，只前段首句用韻，第五句少叶一韻，换頭句少一字，「山礬」句、「春心」句平仄反。

## 徵招九十五字

越中山水幽遠。予數上下西興、錢清間，襟抱清曠。越人善爲舟，捲篷方底，舟師行歌，徐徐曳之，如偃卧榻上，無動摇突兀勢，以故得盡情騁望。予欲家焉而未得，作《徵招》以寄興。《徵招》、《角招》者，政和間，大晟府嘗製數十曲，音節駁矣。予嘗考唐田畸《聲律要訣》云：徵與二變之調，咸非流美，故自古少徵調曲也。徵爲去母調，如黄鐘之徵，以黄鐘爲母，不用黄鐘乃諧。故隋唐舊譜，不用母聲，琴家無媒調、商調之類，皆徵也，亦皆具母絃而不用。其説詳於予所作《琴書》。然黄鐘以林鐘爲徵，住聲於林鐘；若不用黄鐘聲，便自成林鐘宫矣。故大晟府徵調兼母聲，一句似黄鐘均，一句似林鐘均，所以當時有落韻之語。予嘗使人吹而聽之，寄君聲於臣民事物之中，清者高而亢，濁者下而遺，萬寶常所謂宫離而不附者是已。因再三推尋唐譜并琴絃法而得其意。黄鐘徵雖不用母聲，亦不可多用變徵蕤賓、變宫應鐘聲。若不用黄鐘而用蕤賓、應鐘，即是林鐘宫矣。餘十一均徵調仿此。其法可謂善矣。然無清聲，只可施之琴瑟，難入燕樂。故燕樂闕徵調，不必補可也。此一曲乃予昔所製，因舊曲正宫《齊天樂慢》前兩拍是徵調，故足成之。雖兼用母聲，較大晟曲爲無病矣。此曲因《晉史》名曰黄鐘下徵調，角招曰黄鐘清角調。

潮回卻過西陵浦句扁舟僅容居士韻去得幾何時句黍離離如此叶客途今倦矣叶漫贏得豆一襟詩思叶記憶江南句落帆沙際句此行還是叶　迤邐叶剡中山句重相見豆依依故人情味叶似怨不來游句擁愁鬟十二叶一丘聊復爾叶也孤負豆幼輿高致叶水葓晚豆漠漠摇烟句奈未成歸計叶

以下二調，《汲古》未載，《詞律》不收，而收周密作爲式。且與《徵招》調中腔類列，其實渺不相涉。周作於换頭二字不叶韻。考白石旁譜，起韻住韻皆用凡四，「邐」字亦注凡四。此詞中緊要處，決非偶合。周作失叶，不宜從。其所作平聲字，此皆用入，想此數字當用平，姜以入作平也。作者勿填上去聲字爲洽。「黍離離」句、「擁愁鬟」句、尾句，是一領四字句，勿誤。「卻」、「客」、「迤」、「十」、「一」可平。

又一體九十四字

詠雪 趙以夫

玉壺凍裂琅玕折句駸駸逼人衣袂韻暖絮張空飛句失前山橫翠叶欲低還起叶似妝點豆滿園春意叶記憶當時句剡中情味句一溪雲水叶　天際叶絕行人句高吟處豆依稀灞橋鄰里叶更剪剪梅花句落雲階月地叶化工真解事叶強勾引豆老來詩思叶楚天暮句驛使不來句悵曲闌獨倚叶

前段第四句字，比姜作少一字。不知是訛脫否。「張」去聲。

又一體九十九字

梅 李億

翠壺浸雪明遥夜句初疑玉虬飛動韻暮弄紫簫句吹墮寒瓊驚夢叶把紅爐對擁叶怕清魄豆不禁霜重叶愛護殷勤句待長留作句道人香供叶　塵暗古南州句風流遠句誰尋故枝么鳳叶謾舉目消凝句對愁瞞矇叶向霞扉月洞叶且嚼蕊豆細開春甕叶這奇絕豆好喚蒼髯句與竹君來共叶

後段第五句四字，比各家少一字。換頭亦不叶韻。

**又一體**九十五字　　張炎

可憐張緒門前柳句相看頓非年少韻三徑已荒涼句更如今懷抱叶薄游渾未減句滿烟水豆東風殘照叶古調獨彈句古音誰賞句歲華空老叶　京洛染緇塵句悠悠意豆獨對南山一笑叶只在此山中句甚相逢不早叶瘦吟心共苦句知幾度豆剪燈窗小叶何時更豆聽雨巴山句賦草池春曉叶

前後第五句及换頭二字皆不叶。周密作「减」字不叶，後段叶。想不拘，非正韻也。「洛」字當是讀「勞」，去聲，以入作去叶。觀其别作亦叶可見。

**又一體**九十四字

和焕甫秋聲　　君有遠游之興，爲道行路難以感之。　　彭元遜

人間無欠秋風處句偏到霜痕月杪韻風雨船篷句日夜風波未了叶忽潮生海立句又天闊豆江清欲曉叶孤迴幽深句激揚悲壯句浮沉浩渺叶　行路古來難句貂裘敝豆匹馬關山人老叶錦字未成句寒到君邊書到叶料倚門回首句更兒女燈前娭笑叶早斟酌豆萬里封侯句怕鏡霜催照叶

「風雨」二句，「錦字」二句，一四、一六字。「忽潮生」句，「夢倚門」句，及換頭二字亦不叶，與姜異。「料」字一本作「夢」，缺「更」字，「娭」字作「娛」，「怕鏡霜」句，作「寶鏡遲霜照」，皆誤。今從元《草堂詩餘》訂正。

## 角招 百八字

甲寅春，予與俞商卿燕游西湖，觀梅於孤山之西村。玉雪照映，吹香薄人。已而商卿歸吴興，予獨來，則山横春烟，新柳被水，游人容與飛花中。悵然有懷，作此寄之。商卿善歌聲，稍以儒雅緣飾。予每自度曲，吟洞簫，商卿輒歌而和之，極有山林縹緲之思。今予離憂，商卿一行作吏，殆無復此樂矣。

爲春瘦韻何堪更繞西湖句盡是垂柳叶自看烟外岫叶記得與君句湖上攜手叶君歸未久叶早亂落豆香紅千畝叶一葉淩波縹緲句過三十六離宫句遣游人回首叶　猶有叶畫船障袖叶青樓倚扇句相映人争秀叶翠翹光欲溜叶愛著宫黄句而今時候叶傷春似舊叶蕩一點豆春心如酒叶寫入吴絲自奏叶問誰識豆曲中心句花前後叶

原注黄鐘角。

「是」、「與」、「上」、「未」、「縹」、「障」、「似」、「自」諸仄聲字，不可易。「過」可平。「看」平聲。餘詳《徵招》下。

## 又一體百七字

梅　　趙以夫

曉寒薄韻苔枝上句剪成萬點冰萼叶暗香無處著叶立馬斷魂句晴雪籬落叶橫溪略約叶恨寄驛豆音書遼邈叶夢繞揚州東閣叶風流舊日何郎句想依然林壑叶　離索叶引杯自酌叶相看冷淡句一笑人如削叶水雲寒漠漠叶底處群仙句飛來霜鶴叶芳姿綽約叶正月滿豆瑤臺珠箔叶徙倚闌干寂寞叶盡分付豆許多愁句城頭角叶

自注云姜夔製《角招》、《徵招》二曲。余以《角招》賦梅，《古樂府》有大小梅花，皆角聲也。愚按：自注甚明。《詞律》不取姜詞，獨以此首爲式，不知其體格差異也。

次句一三、一六字，「閣」字叶韻與姜作微異，餘平仄一一吻合。《詞律》注「雪」字、「寂」字作平，大誤。「溪」字上少一「橫」字，更誤，姜詞竟未一寓目耶。「底處」二字，葉《譜》作「十萬」，「飛來」二字作「同驂」，「芳姿綽」三字作「幾多幽」，「徙倚」二字作「夢斷」。

## 長亭怨慢九十七字　或無慢字

予頗喜自製曲，初率意爲長短句，然後協以律，故前後闋多不同。桓大司馬云：「昔年種柳，依依漢南。今看搖落，悽愴江潭。樹猶如此，人何以堪？」此語予深愛之。

漸吹盡豆枝頭香絮韻是處人家句綠深門戶叶遠浦縈回句暮帆零亂向何許叶閱人多矣句誰得似豆長亭樹叶樹若有情時句不會得豆青青如此借叶　日暮叶望高城不見句只見亂山無數叶韋郎去也句怎忘得豆玉環分付叶第一是豆早早歸來句怕紅萼豆無人爲主叶算只有并刀句難剪離愁千縷叶

原注中呂宮。

張炎詞無「慢」字。

《汲古》以「日暮」屬上段，誤。周密、王沂孫各一首，平仄照注。「矣」字有叶韻者，此或借叶。「第一是」句，周密作「燕樓鶴表半飄零」，句法異。「許」字，葉《譜》作「處」，「此」字作「許」。「暮」、「得」、「樹」、「一」可平。「日」作平。

**又一體**九十七字

舊居有感　張炎

望花外豆小橋流水句門巷愔愔句玉簫聲絕韻鶴去臺空句珮環何處弄明月叶十年前事句愁千折豆心情頓別叶露粉風香句誰爲主豆都成消歇叶　淒咽叶小窗分袂處句同把帶鴛親結叶江空歲晚句便忘了豆尊前曾說叶恨西風豆不庇寒蟬句便掃盡豆一林殘葉叶謝楊柳多情句還有綠陰

時節叶

首句不起韻，「愁千折」句七字，「露粉」句四字，與姜作異。

## 又一體九十七字

張炎

記橫笛豆玉關高處韻萬里沙寒句雪深無路叶破卻貂裘句遠游歸後與誰語叶故人何許叶渾忘了豆江南舊雨叶不擬重逢句應笑我豆飄零如羽叶　同去叶釣珊瑚海樹叶底事又成行旅叶煙篷斷浦叶更幾點豆戀人飛絮叶如今又豆京洛尋春句定應被豆薇花留住叶且莫把孤愁句說與當時歌舞叶

「許」字、「樹」字、「浦」字皆叶韻，與姜作異。餘同前作。

## 暗香九十七字

辛亥之冬，予載雪詣石湖。止既月，授簡索句，且徵新聲。作此兩曲，石湖把玩不已，使工妓隸習之，音節諧婉，乃名之曰《暗香》、《疏影》。

舊時月色韻算幾番照我句梅邊吹笛叶喚起玉人句不管清寒與攀摘叶何遜而今漸老句都忘卻豆

春風詞筆叶但怪得豆竹外疏花句香冷入瑶席叶　江國正寂寂叶嘆寄與路遥句夜雪初積叶翠樽易泣句紅萼無言耿相憶叶長記曾攜手處句千樹壓豆西湖寒碧叶又片片句吹盡也豆幾時見得叶

原注仙吕宮。

《硯北雜志》云：小紅，順陽公青衣也，有色藝。順陽公之請老，姜堯章詣之。一日援簡徵新聲，堯章製《暗香》、《疏影》兩曲，公使二妓習之，音節清婉。堯章歸吴興，公尋以小紅贈之。其夕大雪，過垂虹，賦詩曰：「自作新詞韻最嬌，小紅低唱我吹簫。曲終過盡松陵路，回首烟波十四橋。」堯章每喜自度曲，吹洞簫，小紅輒歌而和之。此調亦宜用入聲韻，「幾」、「與」、「入」、「路」、「易」、「耿」、「見」等字必仄聲，其餘平仄，亦宜悉遵。今照吴文英、陳允平注明。趙以夫、張炎一首，平仄有誤，不可從。「泣」字，葉《譜》作「竭」。「舊」、「怪」、「得」、「與」可平。「都」、「忘」、「春」、「曾」可仄。「月」、「不」、「竹」、「寂」、「雪」作平。「入」作去。

## 紅情 九十七字

張炎

《疏影》、《暗香》，白石爲梅著語，因易之曰《紅情》、《緑意》，以荷花荷葉詠之。

無邊香色韻記涉江自採句錦機雲密叶剪剪紅衣句學舞波心舊曾識叶一見依然似語句流水遠豆幾回空憶叶看亭亭豆倒影窺妝句玉潤露痕濕叶　閒立叶翠屏側叶愛向人弄芳句背酣斜日叶料應太液叶三十六宮土花碧叶清興後風更爽句無數滿豆汀洲如昔叶泛片葉句烟浪裡豆卧横紫笛叶

此與《暗香》字句平仄相同，自注明是别立新名。或以此竄入柳永集中，不知何以錯誤。「玉」可平。「六」作平。

## 疏影百十字

苔枝綴玉韻有翠禽小小句枝上同宿叶客裡相逢句籬角黄昏句無言自倚修竹叶昭君不慣龍沙遠句但暗憶豆江南江北叶想珮環豆月夜歸來句化作此花幽獨叶　猶記深宫舊事句那人正睡裡句飛近蛾緑叶莫似春風句不管盈盈句早與安排金屋叶還教一片隨波去句又卻怨豆玉龍哀曲叶等恁時豆再覓幽香句已入小窗横幅叶

原注仙吕宫。《九宫大成》入南詞黄鐘宫引，與本宫正曲不同。

「無言」句平仄與後段異，各家皆如是填，間有用後段句法者。《詞律》連注四字，後人不察，只改一二字，豈不大誤，兹故不注。凡全句平仄相反者，只於注中詳之。要改則全改，從某體，方無貽誤。他調倣此。「翠禽小小」，張炎作「滿地碎陰」。吴文英於「翠」字、「上」字、「但」字、「正」字俱作平。張於「客」字、「化」字、「已」字、「莫」字、「不慣」「不」字、「一」字俱或作平，原可不拘。「那人」句，平仄亦多不同。作者既從此體，則當恪依爲是。「國」字、「北」字是借叶，前人已通用之。「再」字，葉《譜》作「重」。「翠」、「客」、「自」、「不」、「但」、「暗」、「飛」、「早」、「再」可平。「籬」、「江」、「安」可仄。「教」平聲。

## 又一體百八字

詠梅影　　王沂孫

瓊妃卧月韻任素裳瘦損句羅帶重結叶石徑春寒句碧蘚參差句相思曾步芳屧叶離魂分破東風

恨句又夢入水孤雲闊叶算如今豆也厭娉婷句帶了一痕殘雪叶　猶記冰奩半掩句冷枝畫未就句歸櫂輕折叶幾度黄昏句忽到窗前句重想故人初別叶蒼虬欲捲漣漪去句漫蜕卻豆連環香骨叶早翠蔭蒙茸句不似一枝清絶叶

後結一五、一六字，比姜作少二字。

## 緑意百十字

荷葉　　張炎

碧圓自潔韻向淺洲遠渚句亭亭清絶叶猶有遺簪句不展秋心句能捲幾多炎熱叶鴛鴦密語同傾蓋句且重與豆浣沙人説叶恐怨歌豆忽斷花風句碎卻翠雲千疊叶　回首當年漢舞句怕飛去句謾緺留仙裙褶叶戀戀青衫句猶染枯香句還嘆鬢絲飄雪叶盤心清露如鉛水句又一夜豆西風吹折叶喜靜看豆匹練秋光句倒瀉半湖明月叶

此與《疏影》同調異名。《樂府雅詞》作無名氏，張炎乃南宋末人，不知何以竄入，各本皆沿其誤。「能捲」句平仄與姜作異，後段次三句，一三、一六字亦別。作者欲填《疏影》，即照前詞；若填《緑意》，即照此詞，以歸畫一，勿作騎牆之見。「渚」字，《詞律》作「浦」，「嘆」字作「笑」，「吹」字作「聽」，「靜」字作「淨」，「怨歌」上又落「恐」字，校讎之功，亦太疏矣。「看」平聲。

## 解珮環 百十字

尋梅不見　　彭元遜

江空不渡韻恨蘼蕪杜若句零落無數叶遠道荒寒句婉娩流年句望望美人遲暮叶風烟雨雪陰晴晚句更何須豆春風千樹叶盡孤城豆落木蕭蕭句日夜江聲流去叶　日晏山深聞笛句恐他年流落句與子同賦叶事闊心違句交淡媒勞句蔓草沾衣多露叶汀洲窈窕餘醒寐句遺珮環浮沉澧浦叶有白鷗豆淡月微波句寄語逍遥容與叶

舊説《解連環》變格，《詞律》以爲《疏影》别名。愚按：中段與《解連環》不同，確與《疏影》相合。蓋因姜詞有「想珮環」句，故變立新名也。宜附列。「遺珮」上缺一字，《詞律》加□，元《草堂詩餘》本作「遺珮環」三字。至姜詞用入聲韻，此用上去韻，想宫調有異耳。

## 秋宵吟 九十九字

古簾空句墜月皎韻坐久西窗人悄叶蛩吟苦豆漸漏永丁丁句箭壺催曉叶□引涼颸句動翠葆叶露腳斜飛雲表叶因嗟念豆似去國情懷句暮帆烟草叶　帶眼銷磨句爲近日豆愁多頓老叶衛娘何在句宋玉歸來句兩地暗縈繞叶摇落江楓早叶嫩約無憑句幽夢又杳叶但盈盈豆淚灑單衣句今夕何夕

恨未了叶

原注越調。《翠薇花館詞》云：越調者，《琵琶録》所謂商七調之第一運黃鐘商，是爲琵琶第二弦之第七聲，其聲實應南呂，今俗樂之六字調也。白石又有《越九歌·越王》一首，亦曰越調。注曰無射商。無射商乃商調之名，越調爲黃鐘商，何以又云無射商，不知宋時燕樂七商一均與七宮同用，黃鐘大呂、夾鐘、中呂、林鐘、夷則、無射七律之名，越調爲第七聲，居無射之位。故朱子儀《禮經傳邇解》云：無射清商呂呼越調，與玉田《詞源》所論合也。此詞前「曉」字用六上五，後「草」字亦用六上五，可悟六字爲煞聲，兼上五畢曲，與石湖仙同調也。

《詞律》云應分三疊，於「催曉」住，亦雙拽頭之調。愚按：原譜不分段，但句法既同，旁譜亦無異，當從《詞律》爲是。他無作者，平仄悉宜謹守。通首俱用上聲韻，尤不可忽。「頓老」、「又杳」、「未了」等去上字，須着意。

## 揚州慢 九十八字

淳熙丙申至日，余過維揚。夜雪初霽，薺麥彌望。入其城，則四顧蕭條，寒水自碧，暮色漸起，戍角悲吟。予懷愴然，感慨今昔，因自度此曲。千巖老人以爲有黍離之悲也。

淮左名都句竹西佳處句解鞍少駐初程韻過春風十里句盡薺麥青青叶自戍馬豆窺江去後句廢池喬木句猶厭言兵叶漸黃昏清角句吹寒都在空城叶　杜郎俊賞句算而今豆重到須驚叶縱荳蔻詞工句青樓夢好句難賦深情叶二十四橋仍在句波心蕩豆冷月無聲叶念橋邊紅藥句年年知爲誰

生叶

原注中吕宫。

趙以夫一首同照注，其餘鄭覺齋、李萊老諸作，平仄差異，不可從。「少」、「四」、「冷」可平。

## 翠樓吟百一字

淳熙丙午冬，武昌安遠樓成，與劉去非諸友落之，度曲見志。予去武昌十年，故人有泊舟鸚鵡洲者，聞小姬歌此詞，問之，頗能道其事，還吴爲予言之。興懷昔游，且傷今之離索也。

月冷龍沙句塵清虎落句今年漢酺初賜韻新翻胡部曲句聽氈幕豆元戎歌吹叶層樓高峙叶看檻曲吟紅句檐牙飛翠叶人姝麗叶粉香吹下句夜寒風細叶　此地叶宜有詞仙句擁素雲黄鶴句與君游戲叶玉梯凝望久句嘆芳草豆萋萋千里叶天涯情味叶仗酒祓清愁句花消英氣叶西山外句晚來還捲句一簾秋霽叶

原注雙調。

此亦自製曲，平仄悉宜謹守，且無他作可證，不能臆注。「外」字亦當是叶，吴、張諸家多有之。「詞」字，葉《譜》作「神」，「消」字，《汲古》作「嬌」，誤。

## 霓裳中序第一百一字

丙午歲，留長沙，登祝融，因得其祠神之曲曰《黃帝鹽》、《蘇合香》。又於樂工故書中得商調《霓裳曲》十八闋，皆虛譜無辭。按沈氏樂律，霓裳道調，此乃商調。樂天詩云：「散序六闋」，此特兩闋，未知孰是。然音節閑雅，不類今曲。予不暇盡作，作中序一闋傳於世。予方羈游，感此古音，不自知其辭之怨抑也。

亭皋正望極韻亂落紅蓮歸未得叶多病卻無氣力句況紈扇漸疏句羅衣初索叶流光過隙叶嘆杏梁豆雙燕如客叶人何在句一簾淡月句仿佛照顏色叶　幽寂叶亂蛩吟壁句動庾信豆清愁似織叶沉思年少浪迹叶笛裡關山句柳下坊陌叶墜紅無信息叶漫暗水豆涓涓溜碧叶漂零久句而今何意句醉臥酒壚側叶

《碧鷄漫志》云：唐憲宗時，每大宴作霓裳舞。文宗時詔太常卿馮定，採開元雅樂，製雲韶雅樂及《霓裳羽衣曲》。是時四方大都邑及士大夫家，已多按習，而文宗乃命馮定製舞曲者，疑曲存而舞節非舊，故加整頓焉。李後主作《昭惠后誄》云：「《霓裳羽衣曲》經兹兵火，世罕聞者，偶獲舊譜，殘闕頗甚。暇日與后詳定，去其淫繁，定其缺墜。」蓋《霓裳曲》在唐末已不全矣。

《樂苑》云：開元中，西涼府節度楊敬述，進《霓裳羽衣曲》。說者多異，予斷之曰：西涼創作，明皇潤色，又爲易美名。白樂天和元微之《霓裳羽衣歌》曰：「磬簫箏笛遞相橫，擊擫吹彈聲迤邐」。注云：「凡法曲之初，衆音不齊，金石絲竹，次第發聲。《霓裳》序之初，亦復如此。」又曰：「散序六奏未動衣，陽臺宿雲慵不飛。中序擘騞初入拍，秋竹吹裂春冰拆。」注云：「散序六遍無拍，故不舞。中序始有拍，亦名拍序。」又曰：「繁音急節十二遍，跳珠撼玉何鏗錚，翔鸞舞罷卻收翅，唳鶴曲終長引聲。」注云：「《霓裳曲》十二遍而終。凡曲將終，皆聲拍促速，惟《霓裳》之末，長引一聲。」沈括《筆談》云：《霓裳曲》凡十二疊，前六疊無拍，至第七疊方謂之疊遍，自此始有拍而舞矣。」按此知《霓裳曲》十二疊，至七疊中序始舞，故以第七疊爲中序第一，蓋舞曲之第一遍也。蔡絛《西清詩話》云：「歐陽永叔以不曉聽風聽水作《霓裳》爲疑，按唐人《西域記》龜茲國王與其臣庶之知樂者，於大山間聽風水聲，均節成音，後翻入中國，如《伊州》、《甘州》、《涼州》等曲，皆自龜茲所致。雖未及《霓裳》，而其製曲亦用其法。」此說近之。郭茂倩《樂府詩集》有《霓裳辭》。餘與《法曲獻仙音》參看。《九宮大成》入北詞小石角隻曲。《歷代詩餘》云：本唐之道調法曲，在教坊中爲大樂曲。《宋史・樂志》載拂霓裳隊是也。餘詳《拂霓裳》下。

唐樂史《太真外傳》注《霓裳羽衣曲》者，是元宗登三鄉驛，望女几山所作也。故劉禹錫詩云：「三鄉驛上望仙山，歸作霓裳羽衣曲。」又《逸史》云：「羅公遠，天寶初侍元宗，八月十五日夜，宮中玩月」，曰：「陛下能從臣月中游乎？」乃取一枝桂向空擲之，化爲一橋，請上同登。約行數十里，至大城闕。公遠曰：「此月宮也。」有仙女數百，素練寬衣，舞於廣庭。上前問曰：「此何曲也？」曰：「《霓裳羽衣》也。」上密記其聲調，遂回。且諭伶官象其聲調，作《霓裳羽衣曲》。二說不同。

此亦自製曲，有旁譜，不注宮調。《汲古》不載，《詞律》未見，《白石歌曲》失收。此詞僅列周密及元人兩作，疏漏太甚。「卻」字，葉《譜》作「怯」，「年少」二字作「少年」，「坊」字作「巷」。「卻」可平，「紈」可仄。

## 又一體 百二字　　周密

湘屏展翠疊韻恨入宮溝流怨葉叶缸冷金花暗結叶又雁影帶霜句蛩音淒月叶珠寬腕雪叶嘆錦

箋豆芳字盈篋叶人何在句玉簫舊約句忍對素娥說叶　愁絶叶夜砧幽咽叶任帳底豆沉烟漸滅叶紅蘭誰採贈別叶悵洛浦分綃句漢皐遺玦叶舞鸞光半缺叶最怕聽豆離絃乍闋叶憑闌久句一庭香露句桂影弄淒蝶叶

許氏《詞譜》入北詞小石調。

此與姜作全同，只後段第四句多「悵」字，《笛譜》、《草窗》皆無「悵」字，據後應作當有一字。「浦」字作「汜」，「皐」字作「浦」。《笛譜》以「愁絶」二字屬上段，誤。

**又一體**百二字　　詹玉

至元間，監醮長春宮，偶見羽士丈室古鏡，狀似秋葉，背有金刻「宣和玉寶」四字，有感因賦。

一規古蟾魄韻過宣和豆幾春色叶知那個豆柳鬆花怯叶曾搓玉團香句塗雲抹月叶龍章鳳刻叶是如何豆兒女消得叶便孤了豆翠鸞何限句人更在天北叶　磨滅叶古今離別叶幸相從豆薊門仙客叶蕭然林下秋葉叶對雲淡星疏句眉青影白叶佳人已傾國叶贏得痴銅舊畫叶興亡事豆道人知否句見了也華髮叶

前段第二句六字，比各家少一字。後段七句六字，少一字。

## 又一體 百三字

四聖觀　羅志仁

來鴻又去燕韻看罷江潮收畫扇叶謾湖曲雕闌倚倦叶正船過西陵句快篙如箭叶凌波不見叶但陌花豆遺曲淒怨叶孤山路句晚蒲病柳句淡綠鎖深院叶　離恨五雲宮殿叶記舊日豆曾游翠輦叶青紅如寫便面叶悵下鵠池荒句放鶴人遠叶粉牆隨岸轉叶漏碧瓦豆殘陽一綫叶蓬萊夢句人間那信句坐看海濤淺叶

前段第三句，一本多「謾」字，「倚倦」二字作「倦倚」，失叶。後段第四句多「悵」字，與周同，今從元《草堂詩餘》本。「恨」字不叶韻，且用去上聲，韻恐宮調不協也。

## 又一體 百一字

應法孫

愁雲翠萬疊韻露柳殘蟬空抱葉叶簾捲流蘇寶結叶乍庭户嫩涼句闌干微月叶玉纖勝雪委素紈豆塵鎖香篋叶思前事句鶯期燕約句寂寞向誰説叶　悲切叶漏籤聲咽叶漸寒炮豆蘭缸未滅叶良宵長是閒別叶恨酒凝紅綃句粉涴瑤玦叶鏡盟鸞影缺叶吹笛西風數闋叶無言久句和衣成夢句睡損縷金蝶叶

與周作韻腳全合，原題不言和韻。惟後段第八句六字，比周作少一字。「凝」去聲。

## 又一體 百字

春晚旅寓

姜个翁

園林罷組織韻樹樹東風翠雲滴叶草滿舊家行迹叶聽得聲聲句曉鶯如覓叶愁紅半濕叶煞憔悴豆牆根堪惜叶可念我句飄零如此句一地送岑寂叶　龜石叶當年第一叶也似老豆人間風日叶餘葩選甚顏色叶羞撚江南句斷腸詞筆叶留春渾未得叶翻些入豆啼鵑夜泣叶清江晚句綠楊歸思句隔岸數峰出叶

前段第四句少一字，次句「翠雲滴」，平仄與各家異。後段同姜作。「舊家」二字，一本作「地間」。「思」去聲。

## 琵琶仙 百字

《吳都賦》云：「户藏烟浦，家具畫船，唯吴興爲然。春游之盛，西湖未能過也。」己酉歲，予與蕭時父載酒南郭，感遇成歌。

雙槳來時句有人似豆舊曲桃根桃葉韻歌扇輕約飛花句蛾眉正奇絶叶春漸遠豆汀洲自綠句更添

了豆幾聲啼鴂叶十里揚州句三生杜牧句前事休說叶　又還是豆宮燭分烟句奈愁裡匆匆換時節叶都把一襟芳思句與空階榆莢叶千萬縷句藏鴉細柳句爲玉樽豆起舞回雪叶想見西出陽關句故人初別叶

《白石歌曲》：凡自製腔，皆注旁譜，此與《眉嫵》諸調獨無旁譜，僅注黃鐘商調名，與《法曲獻仙音》、《玲瓏四犯》同例，其非姜所自製可知。無他作者，不知何人創始，平仄悉宜從之。「思」去聲。

## 眉嫵 百三字　一名百宜嬌

戲張仲遠

看垂楊連苑句杜若侵沙句愁損未歸眼韻信馬青樓去句重簾下豆娉婷人妙飛燕叶翠樽共款叶聽豔歌豆郎意先感叶便攜手豆月地雲階裡句愛良夜微暖叶　無限叶風流疏散叶有暗藏弓履句偷寄香翰叶明日聞津鼓句湘江上豆催人還解春纜叶亂紅萬點叶悵斷魂豆烟水遙遠叶又爭似相攜句乘一舸豆鎮長見叶

《耆舊續聞》云：堯章嘗寓吳興張仲遠家，屢出外。其室人知書，賓客通問，必先窺來札，性頗妬。堯章戲作《百宜嬌》詞以遺之，竟爲所見。仲遠歸竟莫能辨，則受其指爪損面，至不能出外云。

「未」、「妙」、「翠」、「意」、「夜」、「寄」、「解」、「亂」、「水」、「鎮」諸仄聲字，及「共款」、「萬點」去上字，勿誤。王沂孫、張翥各一首，一字無訛。「侵」字，《汲古》作「吹」。「月」字，《詞潔》作「雨」。「明」可仄。

此調亦未注宮譜，其非自度可知。

又一體百二字

新月　王沂孫

漸新痕懸柳句淡彩穿花句依約破初暝韻便有團圓意句深深拜豆相逢誰在香逕叶畫眉未穩叶料素娥豆猶帶離恨叶最堪愛豆一曲銀鈎小句寶簾掛秋冷叶　千古盈虧休問叶嘆謾磨玉斧句難補金鏡叶太液池猶在句淒涼處豆何人重賦清景叶故山夜永叶試待他豆窺戶端正叶看雲外山河句還老桂花舊影叶

換頭第二句、四句皆不叶韻，末句六字，不於第三字逗，與姜作微異。「香」字，《詞潔》作「幽」。

又一體百三字

七夕感事　張翥

又蛛分天巧句鵲誤秋期句銀漢會牛女韻薄命猶如此句悲歡事句人間何限夫婦叶此情更苦怎似他豆今夜相遇叶素娥妬叶不肯偏留照句漸涼影催曙叶　私語釵盟何處叶但翠屏天遠句清夢雲去叶縱有閒針縷叶相憐愛句絲絲空綴愁緒叶竊香伴侶叶問甚時豆重畫眉嫵叶謾鉛淚彈風句都付與洗車雨叶

「素娥妬」叶韻，餘同姜作。

## 鶯聲繞紅樓 五十字

甲寅春，平甫與予自越來吴，攜家妓觀梅於孤山之西村，命國工吹笛，妓皆以柳黄爲衣。

十畝梅花作雪飛韻冷香下豆攜手多時叶兩年不到斷橋西叶長笛爲予吹叶　人妬垂楊緑句春風爲染作仙衣叶垂楊卻又妬腰肢叶近前舞絲絲叶

《九宫大成》名《繞紅樓》，入南詞中吕宫引。

此與《清波引》既無旁譜，又不注宫調，并非自製。《汲古》、《詞律》及諸譜皆未載，他無作者，不知何人創始，俟考。

「近」平聲。

## 清波引 八十四字

予久客古沔，滄浪之烟雨，鸚鵡之草樹，頭陀、黄鶴之偉觀，郎官、大别之幽處，無一日不在心目間。勝友二三，極意吟賞。朅來湘浦，歲晚淒然，步繞園梅，摛筆以賦。

冷雲迷浦韻倩誰唤豆玉妃起舞叶歲華如許叶野梅弄眉嫵叶屐齒印蒼蘚句漸爲尋花來去叶自隨

秋雁南來句望江國豆渺何處叶　新詩謾與叶好風景豆長是暗度叶故人知否叶抱幽恨難語叶何時共魚艇句莫負滄浪烟雨叶況有清夜啼猿句怨人良苦叶

前無作者。「弄」、「渺」、「謾」、「暗」、「恨」、「故」、「怨」諸去聲，勿誤。「冷」、「野」、「是」、「況」、「有」可平。「秋」、「滄」、「清」可仄。

**又一體**八十三字

送別湖湘廉使　　張　炎

江濤如許韻更一夜豆聽風聽雨叶短篷容與叶盤礴那堪數叶弭節澄江樹叶不爲蓴鱸歸去叶怕教冷落蘆花句誰招得豆舊鷗鷺叶　寒汀古溆叶盡日無人喚渡叶此中清楚叶寄情在談塵叶難覓真閒處叶肯被水雲留住叶泠然棹入中流句去天尺五叶

「弭節」句，「難覓」句，叶韻。後段次句六字與前異。「一」、「尺」作平。二「聽」字去聲。

**玲瓏四犯**九十九字

越中歲暮聞簫鼓感懷

疊鼓夜寒句垂燈春淺句匆匆時事如許韻倦游歡意少句俯仰悲今古叶江淹又吟恨賦叶記當時豆

送君南浦叶萬里乾坤句百年身世句唯有此情苦叶　揚州柳垂官路叶有輕盈換馬句端正窺户叶酒醒明月下句夢逐潮聲去叶文章信美知何用句漫赢得豆天涯羈旅叶教説與叶春來要豆尋花伴侣叶

原注此曲雙調，世别有大石調一曲。

又此正體與周邦彦《玲瓏四犯》不同，「四」字必仄聲。譚宣子一首同原集，只注宫調，不注旁譜。前無作者，故分列。

「倦」可平。「春」可仄。「醒」平聲。

# 詞繫卷二十三

宋 金附

## 芙蓉月九十四字

芙蓉　趙以夫

黃葉舞空碧句臨水處豆照眼紅葩齊吐韻柔情媚態句竚立西風如訴叶遥想仙家城闕句十萬緑衣童女叶雲縹緲句玉娉婷句隱隱彩鸞飛舞叶　樽前更風度叶記天香國色句曾佔春暮叶依然好在句閒伴清霜涼露叶一曲闌干敲遍句悄無語句空相顧叶殘月澹句酒闌時句滿城鐘鼓叶

調見《陽春白雪》。無他作者。《詞律》失收。

「舞」字、「佔」字用仄聲，切勿用平。「語」字偶合，非叶。「閒」字，葉《譜》作「還」。

雙瑞蓮九十五字

並頭蓮

千機雲錦裡韻看並蒂新房句駢頭芳蕊叶清標艷態句兩兩翠裳霞袂叶似是商量心事句倚緑蓋豆無言相對叶天蘸水叶彩舟過處句鴛鴦驚起叶　縹緲漾影摇香句想劉阮風流句雙仙姝麗叶閒情未斷句猶戀人間歡會叶莫待西風吹老句薦玉醴豆碧筒拚醉叶清露底叶月照一襟歸思叶

《九宫大成》入南詞小石調正曲，許《譜》同。

調見《虚齋樂府》。詠並頭蓮，即以爲名，與《雙頭蓮》無涉。

《詞律》云：此調比《玉漏遲》只第二句多一「看」字，「清標」、「閒情」二句，平仄顛倒，其餘字句皆同，應是一體。

愚按：宫調各有不同，不得以字句同而混之也。「歸」字，《詞譜》作「涼」。

秋蕊香九十七字

木犀

一夜金風句吹成萬粟句枝頭點點明黄韻扶疏月殿影句雅淡道家妝叶阿誰倩豆天女散濃香叶十分熏透霓裳叶徘徊處句玉繩低轉句人静天涼叶　底事小山幽詠句渾未識清妍句空自神傷叶憶佳人豆執手訴離湘叶招蟾魄句和泪吸秋光叶碧雲日暮何妨叶惆悵久句瑶琴微弄句一曲清商叶

調見《虛齋樂府》，與《秋蕊香》小令及《秋蕊香引》皆不同，無他作可證。《詞律》失收。

## 龍山會 百三字

九日

佳節明朝九韻彩舫凌虛句共醉西風酒叶湖光藍潤透叶雲浪碎豆巧學波文吹皺句碧落杳無邊句但玉削豆千峰寒瘦叶留連久叶秋容似洗句月華如晝叶　回頭南楚東徐句暝靄蒼烟句處處空刁斗叶山公今健否叶功名事豆付與年時交舊叶白髮苦欺人句尚堪插豆黃花盈首叶歸去也句東籬好在句覓淵明友叶

原注商調。

此是創調，共二首，其別首平仄差異，照注如下，惟「留連久」用「黯銷魂」，不叶，略異。「浪」、「碧」、「玉」、「尚」、「去」可平。「留」、「功」、「年」、「堪」、「歸」可仄。

## 又一體 百字

陪毘陵幕府諸名勝載酒雙清賞芙蓉

石徑幽雲冷句步帳深深句艷景青紅亞韻小橋和夢醒句環佩杳豆烟水茫茫城下叶何處不秋陰句

問誰借豆東風艷冶叶最嬌嬈句愁侵醉霜句淚紅綃灑叶　搖落翠莽平沙句競挽斜陽豆駐短亭車馬叶曉妝羞未墮句沈恨起豆金谷魂飛深夜叶驚雁落清歌句酹花倩觥船快瀉叶去來捨叶月向井梧梢上掛叶

首句不起韻，前後兩四句皆不叶，結尾七字與前異。「最嬌嬈」句與趙别作同，「去來捨」叶韻與趙異，《詞律》謂有脱誤。前結據《汲古》本，「灑」字倒在「紅」字上，失叶，此傳寫之誤。「挽斜陽」句、「酹花」句應各脱一字，餘並無誤。

## 南州春色八十二字

汪莘

清溪曲句一株梅韻無人修採句獨立古牆偎叶莫恨東風吹不到句着意挽春回叶一任天寒地凍句南枝香動句花傍一陽開叶　更待明年首夏句酸心結子句天自栽培叶金鼎調羹句仁心猶在句還種處豆無限根荄叶管取南州春色句多自此中來叶

見《花草粹編》，採之《輟耕録》，爲汪梅溪作。《方壺存稿》亦不載，《詞律》亦失收。愚按：《輟耕録》未載，想誤刻書名。

「修」字，葉《譜》作「偢」、「處」字作「取」、「取」字作「領」，皆誤。

## 青門怨五十三字

王　玉

月痕烟景韻遠思孤影叶舊夢雲飛句離魂冰冷叶脈脈恨滿東風換平對孤鴻叶平　翠珠塵冷香如霧三換仄人何許三叶仄心逐章壹絮三叶仄夜深酒醒燭暗句獨倚危樓四換平爲誰愁四叶平

調見《陽春白雪》，無名氏。《詞譜》爲王玉作。考王玉有二：一見《陽春》，字寧翁，《柴望草堂遺稿》有和王寧翁詩，爲嘉熙、淳祐間人；一見《中州樂府》，乃金人，官防禦，在嘉定前，説詳《春從天上來》下。《詞律》失收。與《青門引》、《青門飲》皆無涉。其字句與韋莊《怨王孫》恰合，只前段第四五句句法略異，或一體而異名歟？

## 三奠子六十七字

離南陽後作

元好問

悵韶華流轉句無計留連韻行樂地句一淒然叶笙歌寒食後句桃李惡風前叶連環玉句迴文錦句兩纏綿叶　芳塵未遠句幽意誰傳叶千古恨句再生緣叶閒衾香易冷句孤枕夢難圓叶西窗雨句南樓月句夜如年叶

《詞辨》云：《三奠子》，唐時未有是曲，見元遺山《錦機集》中有二闋，傳是奠酒奠穀奠璧也。崔令欽《教坊記》有《奠璧子》。「流」、「窗」可仄。

**小聖樂**九十五字　一名驟雨打新荷

緑葉陰濃句遍池亭水閣句偏趁涼多韻海榴初綻句朵朵蹙紅羅叶乳燕雛鶯弄語句對高柳豆鳴蟬相和叶驟雨過句似瓊珠亂撒句打遍新荷叶　人生百年有幾句念良辰美景句休放虛過叶富貧前定句何用苦奔波叶命友邀賓宴賞句飲芳醑豆淺斟低歌叶且酩酊句從教二輪句來往如梭叶

《太和正音譜》注雙調，蔣氏《九宮譜目》入小石調，《九宮大成》入北詞雙角隻曲，《詞譜》云：此元曲也。

《古今詞話》云：此詞載《錦機集》，蓋元遺山預爲製曲以教歌者也。《古今詞話》又云：京師城外萬柳堂，亦一燕游佳處也。野雲廉公，一日於中置酒招疏齋盧公、松雪趙公同飲，時歌兒劉氏名「解語花」者，左手折荷花，右手執杯，歌《小聖樂》詞云云。《輟耕録》云：《小聖樂》乃小石調曲，元遺山先生所製，而名姬多歌之，俗以爲《驟雨打新荷》者是也。愚按：元好問係金人，時代相去甚遠，焉能預製以教歌者，蓋歌元作舊曲耳。

「和」字平聲，連用三平，與後段對，作者勿誤。《詞譜》謂三聲叶是讀去聲矣。「趁」字一作「稱」，「奔波」一作「張羅」復韻。「斟」字作「酌」。「過」去聲。

**木笪**五十一字　白　樸

海棠初雨歇韻楊柳新烟惹換去叶碧草茸茸鋪四野去叶俄然回首處句亂紅堆雪入叶　卻春光也去叶梅子黃時節入叶映石榴華紅似血入叶胡葵開滿院句碎剪宮纈叶

唐《教坊記》：大曲名，宋修内司所刊《樂府渾成集》亦有《木笪》曲名。周密《齊東野語》云：此音世人罕知。《太平樂府》收白樸《喬木笪》一套，或名《喬木查》者，誤。《太和正音譜》只録首作，《九宫大成》名《銀漢浮查》，入北詞雙角隻曲，一作《喬木查》。《詞譜》云：此元人套數樂府也，以其猶近宋詞體製採之。《詞律》未收。愚按：詞體至南宋極盛且備，元人欲出新裁，創爲小令，四聲並叶，别開生徑，於是變爲北曲。實温公之《西江月》，東坡之《戚氏》，平仄互叶體，導其先路。至套數樂府，見北宋劉几《梅花曲》、董穎《薄媚》等調已爲發源，遂流爲南北劇之套曲。有開必先，實風會使然也。本譜備録各體，以見詞變爲曲之機，列叙時次，源流悉具。

## 秋色横空 百一字

摇落秋冬韻愛南枝迴絶句暖氣潛通叶含章睡起宫妝褪句新妝淡淡豐容叶冰蕤瘦句蠟蒂融叶便自有豆脩然林下風叶肯羡蜂喧蝶鬧句艷紫妖紅叶　何處對花興濃叶向藏春池館句透月簾櫳叶一枝鄭重天涯信句腸斷驛使相逢叶關山路句幾萬重叶記昨夜豆篘筒和淚封叶料馬首幽香句先到夢中叶

《九宫大成》入南詞高大石調正曲。

調見《天籟集》與《燭影摇紅》之别名無涉，《詞律》未收。韻共音平仄照注。「夢」字必去聲，勿誤。「蠟」、「便」、「蝶」、「處」、「一」、「幾」可平。「含」、「妝」、「林」、「腸」可仄。

按：樸字仁甫，一字太素，號蘭谷。真定人。父某爲金樞密院判，兵亂相失，寄居元遺山家，得其指授。金亡後被薦不出，徙居金陵。放浪詩酒，尤精度曲。有《天籟集》二卷。

## 奪錦標百八字　一名青溪怨

《奪錦標》曲，世所傳者，惟僧仲殊一篇而已。予每浩歌，尋繹音節，因欲效顰，恨未得佳趣耳。庚辰卜居建康，暇日訪古，採陳後主張貴妃事，作樂府《青溪怨》。

霜水明秋句霞天送晚句畫出江南江北韻滿目山圍故國句三閣餘香句六朝陳迹叶有庭花遺譜句□哀音豆令人嗟惜叶想當時豆天子無愁句自古佳人難得叶　惆悵龍沉宫井句石上啼痕句猶點胭脂紅濕叶去去天荒地老句流水無情句落花狼藉叶恨青溪留在句渺重城豆烟波空碧叶對西風豆誰與招魂句夢裡行雲消息叶

見《天籟集》。據原題此調創自仲殊，而各詞集詞譜皆未載，僅著張埜一首，可見遺逸之調甚多。庚辰爲元世祖至元十七年，宋亡於前己卯，故借題以感事耳。《青溪怨》是創爲別名。

## 又一體百八字

七夕　　張埜

涼月横舟句銀潢浸練句萬里秋容如拭韻冉冉鸞驂鶴馭句橋倚高寒句鵲飛空碧叶問歡情幾許句

早收拾豆新愁重織叶恨人間會少離多句萬古千秋今夕叶　誰念文園病客叶夜色沉沉句獨抱一天岑寂叶忍記穿針臺樹句金鴨香寒句玉徽塵積叶憑新涼半枕句又依約豆行雲消息叶聽窗前豆淚雨浪浪豆夢裡檐聲猶滴叶

「臺」字，《歷代詩餘》作「庭」，《詞綜》作「亭」。「約」字，《詩餘》作「稀」。換頭句叶韻，比白作多一韻，餘同。

## 花上月令 五十八字

吴文英

文園消渴愛江清韻酒腸怯句怕深觥叶玉舟曾洗芙蓉水句瀉清冰叶秋夢淺句醉雲輕叶　庭竹不收簾影去叶人睡起句月空明叶瓦瓶汲井和秋葉句薦吟醒叶夜深重句怨搖更叶

此調他無作者，與《夜游宮》相仿，但平仄稍異耳。「消」字，葉《譜》作「酒」，誤。

## 夢行雲 六十七字

即六么花十八和趙修全韻

簟波皺纖縠韻朝炊熟句眠未足叶青奴細膩句未拚真珠斛叶素蓮幽怨風前影句搔首斜墜玉叶畫闌枕水句垂楊梳雨句青絲亂句如乍沐叶嬌笙微韻句晚蟬理秋曲叶翠陰明月勝花夜句那愁春

去速叶

調見《夢窗稿》，自注一名《六么花十八》。《碧鷄漫志》云：《六么曲》内一疊名《花十八》，前後十八拍。次句「熟」字是偶合，非叶。「未拚」句，疑有誤。「理」字，《汲古》、《詞律》作「亂」，今據毛扆校定本。「勝」平聲。

## 古香慢九十四字

滄浪看桂自度夷則商犯無射宫

怨蛾墜柳句離佩摇葓句霜訊南浦韻漫掩橋扉句倚竹袖寒日暮叶還問月中游句夢飛過豆金風翠羽叶把殘雲剩水萬頃句暗薰冷麝淒苦叶　漸浩渺豆凌山高處叶秋淡無光句殘照誰主叶露粟侵肌句夜約羽林輕誤叶碎剪惜秋心句更腸斷豆珠塵蘚露叶怕重陽豆又催近豆滿城風雨叶

調見《陽春白雪》，而《夢窗稿》不載，原注自度曲。《詞律》未收。《鐵網珊瑚》云：吴文英手書詞稿，《古香慢》「自度腔，夷則商犯無射宫，賦滄浪看桂」云云。「訊」、「照」二字去聲，「翠」、「蘚」二字仄聲，勿誤。「掩橋扉」，《詞譜》作「惜佳人」，「掩」字，厲鶚《絶妙好詞箋》作「憶」。「碎剪」二字，一本作「剪碎」。

## 玉京謠九十七字

陳仲文自號藏一，蓋取坡詩中「萬人如海一身藏」語。爲度夷則商犯無射宫腔，製此贈之。

蝶夢迷清曉句萬里無家句歲晚貂裘敝韻載取琴書句長安閒看桃李叶爛錦綉豆人海花場句任客燕豆飄零誰計叶春風裡叶香泥九陌句文梁孤壘叶　微吟怕有詩聲翳叶鏡慵看句但小樓獨倚叶金屋千嬌句從他鴛暖秋被叶蕙帳移豆烟雨孤山句待對影豆落梅清泚叶終不似叶江上翠微流水叶

陳世隆《隨隱謾録》云：先君號藏一，夢窗吴先生爲度夷則商犯無射宮，製《玉京謠》一篇相贈。

此亦自度曲。「看」、「獨」、「暖」三字，仄聲，不可易。「任」字，葉《譜》作「奈」，《汲古》作「住」，誤。

## 西子妝慢 九十七字　或無慢字

湖上清明薄游

流水麯塵句艷陽酷酒句畫舸游情如霧韻笑拈芳草不知名句乍凌波豆斷橋西堍叶垂楊漫舞叶總不解豆將春繫住叶燕歸來句問綵繩纖手句如今何許叶　歡盟誤叶一箭流光句又趁寒食去叶不堪衰鬢着飛花句傍緑陰豆冷烟深樹叶元都秀句叶記前度豆劉郎曾賦叶最傷心句一片孤山細雨叶

張炎《詞序》云：吴夢窗自製此曲，余喜其聲調妍雅，久欲述之而未能。甲午春，寓羅江野游，因填此解。惜舊譜零落，不能倚聲而歌也。

《續解》云：與《倦尋芳》稍同。

「酷酒」，見《説文》。酷，酒味厚。《詞潔》作「醅」，《詞律》作「酟」，皆誤，今依《汲古》本。「漫」、「秀」、「細」三字去聲，勿誤。「細」字，《歷代詩餘》作「烟」，張炎一首作「萬」字，當作仄。《汲古》缺「乍」字，誤。「麯」、「艷」、

「繫」、「綵」、「食」、「記」、「一」可平。「不」、「緑」作平。

## 夢芙蓉 九十七字

趙昌芙蓉圖梅津所藏

西風摇步綺韻記長堤驟過句紫騮十里叶斷橋南岸句人在晚霞外叶錦温花共醉叶當時曾共秋被叶自別霓裳句應紅銷翠冷句霜枕正慵起叶　慘淡西湖柳底叶摇蕩秋魂句夜月歸環珮叶畫圖重展句驚認舊梳洗叶去來雙翡翠叶難傳眼恨眉意叶夢斷瓊仙句但雲深路杳句城影蘸流水叶

此調《詞律》未收，他無作者，想亦自度曲也。

「步綺」、「翠冷」、「路杳」用去上，「晚」、「舊」二字仄聲，「共」、「正」、「恨」、「蘸」四字去聲。步伐井然，不可移易。

「在」字一作「去」，「銷」字作「綃」，「流」字作「秋」。「蕩」字，《詞譜》作「落」，「蘸」字作「照」。「仙」字，《汲古》作「娘」，「但」字作「仙」，誤。「十」作平。

## 探芳新 九十二字

吴中元日承天寺游人

九街頭句正軟塵潤酥句雪消殘溜韻禊賞祇園句花艷雲陰籠晝叶層梯峭豆空麝散句擁凌波豆縈翠

袖叶嘆年端豆連環轉句爛熳游人如綉叶　腸斷迴廊竚久叶便寫意濺波句傳愁蹙岫叶漸没飄鴻句空惹閒情春瘦叶椒杯香豆乾醉醒句怕西窗豆人散後叶暮寒深句遲迴處豆自攀庭柳叶

《九宫大成》入北曲平調隻曲。

調見《夢窗稿》，原題上有「高平」二字，是高平調曲，與《探芳信》迥別，故另列。《詞律》以起結與《探春》相似，且以探字爲題，疑是一調，大謬。

「潤」字、「濺」字去聲，勿誤。「空」字上，《詞律》少一字，《詞譜》作「峭」字，《詞律訂》作「漫」字，今從《詞譜》。「寒」字，《詞律》作「雲」，「庭」字作「花」，皆誤。「陰」字，葉《譜》作「英」，「鴻」字作「紅」。

## 惜秋華 九十三字

重九

細響殘蛩句傍燈前句似説深秋懷抱韻怕上翠微句傷心亂烟殘照叶西湖鏡掩塵沙句翳曉影豆秦鬟雲擾叶新鴻喚淒涼句漸入紅萸烏帽叶　江上故人老叶視東籬秀色句依然娟好叶晚夢趁豆鄰杵斷句乍將愁到叶秋娘淚濕黄昏句又滿城豆雨輕風小叶閒了叶看芙蓉豆畫船多少叶

此吴文英自度曲，共五首，厥體有三，想與柳永之《傾杯》，各有宫調耳。

「翠」字、「亂」字、「乍」字、「淚」字，俱去聲。五音皆同，勿誤。「怕」、「曉」、「夢」可平。「鄰」可仄。

**又一體**九十四字

七夕

露罥蛛絲句小樓陰句墮月秋林驚華鬢韻宫漏未央句當時鈿釵送遺恨叶人間夢隔西風句算天上豆年華一瞬叶相逢縱相疏句勝卻巫陽無準叶　何處動涼訊叶聽露井梧桐句楚騷成韻叶彩雲斷句翠羽散句此情難問叶銀河萬古秋聲句但望中豆婺星清潤叶輕俊叶度金針豆謾牽方寸叶

前段第五句七字，比前作多一字。「露井梧桐」四字，平仄亦異。

**又一體**九十三字

七夕前一日送人歸鹽官　　吴文英

數日西風句打秋林棗熟句還催人去韻瓜果夜深句斜河擬看星度叶匆匆便倒離樽句悵遇合豆雲消萍聚叶留連有豆殘蟬韻晚句時歌金縷叶　緑水暫如許叶奈南牆冷落句竹烟槐雨叶此去杜曲句已近紫霄尺五叶扁舟夜泊吴江句正水珮句霓裳無數叶眉嫵叶問别來豆解相思否叶

前結句法，與前二作不同。「此去杜曲」二句，一四、一六字亦微異。「曲」作平。

**又一體**九十四字

八日飛翼樓登高

思渺西風句悵行蹤浪逐句南飛高雁韻怯上翠微句危樓更堪憑晚叶蓬萊對起幽雲句淡野色豆山容愁捲叶清淺瞰蒼波句靜銜秋痕一綫叶　十載寄吳苑叶慣東籬深處句把露黃偷剪叶移暮景句照越鏡句意銷香斷叶秋娥賦得閒情句倚翠樽豆小眉初展叶深勸叶待明朝豆醉巾重岸叶

前結一二、一三、一六字，多叶一韻。後段三句多一字，餘同。第七句「愁」字一作「乍」，「秋」字作「怨」，「重」字作「同」，今從《汲古》本。「思」去聲。

**鳳池吟**九十九字

慶梅津自畿漕除右司郎官

萬丈巍臺句碧罘窗外句滚滚野馬游塵韻舊文書几閣句昏朝醉暮句覆雨翻雲叶忽變清明句紫垣敕使下星辰叶經年事靜句公門如水句帝甸陽春叶　長年父老相語句幾百年見此句獨駕冰輪叶又鳳鳴黃幕句玉霄平遡句鵲錦承恩叶畫省中書句半黃梅子薦鹽新叶歸來晚句待賡吟豆殿閣南薰叶

此調無他作者。「承」字，《汲古》作「輕」，「晝」字作「事」，「黄」字作「紅」，「賡」字作「慶」字皆誤，今從《七家詞選》訂正。

**瑶花**百二字　或加慢字

分韻得作字戲虞宜興

秋風采石句羽扇揮兵句認紫騮飛躍韻江籬塞草句應笑春豆空鎖凌烟高閣叶胡歌秦隴句問鐃鼓豆新詞誰作叶有秀蓀豆來染吴香句瘦馬青芻南陌叶　冰澌細響長橋句蕩波底蛟腥句不涴霜鍔叶烏絲醉墨句紅袖暖豆千里湖山行樂叶老仙何處句算洞府豆光陰如昨叶想地寬豆多種桃花句艷錦東風成幄叶

《九宫譜》入高大石調。

周密詞加「慢」字。

「涴」字，各家皆仄聲，勿誤。首句「石」字，周密作用「玦」字，《詞律訂》云：是起韻，余謂各家有不叶者是偶合。「采」、「有」、「細」可平。「空」、「冰」、「東」可仄。「春」宜仄。「千」作平。

**又一體**百一字

賦雪次仇山村韻　　張雨

篩冰爲霧句屑玉成塵句借阿姨風力韻千巖競秀句怎一夜豆換了連城之璧叶先生閉户句怪短日豆寒催駒隙叶想平沙豆鴻爪成行句似醉時書迹叶　未隨埋没雙尖句便淡掃蛾眉句與鬥顔色叶裁詩白戰句驢背上豆馱取壩橋吟客叶撚鬚自笑句儘未讓豆諸峰頭白叶看洗出豆宫柳梢頭句已借淡黄塗額叶

前結句五字，比周作少一字。

**霜花腴**百四字

重陽前一日泛石湖

翠微路窄句醉晚風豆凭誰爲整欹冠韻霜飽花腴句燭銷人瘦句秋光做也都難叶病懷強寬叶恨雁聲豆偏落歌前叶記年時豆舊宿淒涼句暮烟秋雨野橋寒叶　妝靨鬢英争艷句度清商一曲句暗墜金蟬叶芳節多陰句蘭情稀會句晴暉稱拂吟箋叶更移畫船叶引珮環豆邀下嬋娟叶算明朝豆未了重陽句紫萸應耐看叶

此吴文英自度腔，取第三句爲名，見陳允平和詞注。「病」、「強」、「更」、「晝」四字，必仄聲，餘亦當恪守，勿爲《圖譜》所誤。「歌」字，葉《譜》作「樽」。「強」、「稱」去聲。

## 江南春慢 百九字

杜蘅山莊

風響牙籤句雲寒古硯句芳銘猶在堂笏韻秋牀聽雨句妙謝庭豆春草吟筆叶城市喧鳴轍叶清溪上豆小山秀潔叶便從此豆搜松訪石句葺屋營花句紅塵遠避風月叶　瞿塘路句隨漢節叶記羽扇綸巾句氣凌諸葛叶青天萬里句料漫憶豆蓴絲鱸雪叶車馬從休歇叶榮華夢豆醉歌耳熱叶真個是天與此翁句芳芷嘉名句紉蘭佩兮瓊玦

自度曲原注小石調，《九宮大成》入南詞小石調正曲。此與寇準《江南春》小令無涉。《詞律》失收。「古」字一作「石」。「銘」字，《汲古》作「名」。「從此」二字作「向此」，「夢」字作「事」，「天與」上，缺「真個是」三字，今從《詞譜》訂正。

## 澡蘭香 百四字

淮安重午

盤絲繫腕句巧篆垂簪句玉隱紺紗睡覺韻銀瓶露井句彩箑雲窗句往事少年依約叶爲當時豆曾寫

榴裙句傷心紅綃褪蕚叶炊黍夢豆光陰漸老句汀洲烟篛叶　莫唱江南古調句怨抑難招句楚江沉魄借叶薰風燕乳句暗雨梅黃句午鏡澡蘭簾幕叶念秦樓豆也擬人歸句應剪菖蒲自酌叶但悵望豆一縷新蟾句隨人天角叶

此亦自度曲。取「午鏡」句爲名也，無他作可證。平仄宜從。「魄」字借叶，《汲古》、《詞律》缺「炊」字，今從《詞譜》補。

## 高山流水 百十字

丁基仲側室善絲桐賦詠，曉達音吕，備歌舞之妙。

素絃一一起秋風韻寫柔情豆多在春葱叶徽外斷腸聲句霜霄暗落驚鴻叶低顰處豆剪緑裁紅叶仙郎伴豆新製還賡舊曲句映月簾櫳叶似名花並蒂句日日醉春濃叶　吴中空傳有西子句應不解豆換徵移宮叶蘭蕙滿襟懷句唾碧總噴花茸叶後堂深豆想費春工叶客愁重豆時聽蕉寒雨碎句淚濕瓊鐘叶恁風流也稱句金屋貯嬌慵叶

《九宫大成》入南詞商調正曲。許《譜》同。琴曲有此名。

此調無他作可證，自屬創格。《圖譜》所注句豆大誤，宜從《詞律》。但所謂「唾碧」句，「總」字係「窗」字之訛，而又訛倒刻，乃是「碧窗唾噴花茸」，否則「碧」字作平。愚按：「唾噴」二字亦無連用之理，缺疑可也。「碧」字作平有理。一本結處於「也」字、「屋」字斷句，非。「客」作平。「重」、「稱」去聲。

**秋思耗**百二十三字

荷塘爲括蒼名姝求賦聽雨小閣

堆枕香鬟側韻驟夜聲豆偏稱畫屏秋色叶風碎串珠句潤侵歌板句愁壓眉窄叶動羅箑清商句寸心低訴叙怨抑叶映夢窗豆零亂碧叶待漲緑春深句落花香汎句料有斷紅流處句暗題相憶叶　歡夕叶檐花細滴叶送故人豆粉黛重飾叶漏侵瓊瑟句丁東敲斷句弄晴月白叶怕一曲豆霓裳未終句催去驂鳳翼叶嘆謝客豆猶未識叶漫瘦卻東陽句燈前無夢到得叶路隔重雲雁北叶

此亦自度曲，王士正因第三句改名《畫屏秋色》。本譜載詞至元而止，故不注。《詞律》於「商」字、「終」字注豆，而不注句，又云可不拘，總欲前後相同，謬甚。又云「客」字、「得」字、「隔」字叶韻。余謂「得」字自是叶，餘不確。「客」字照前段當是以入作平。「雁」字，葉《譜》作「南」。「月」作平。「稱」去聲。

**一枝春**九十四字

除夕　楊纘

竹爆驚春句競喧闐豆夜起千門簫鼓韻流蘇帳暖句翠鼎緩騰香霧叶停杯未舉句奈剛要豆送年新句叶應自賞豆歌字清圓句未誇上林鶯語叶　從他歲窮日暮叶縱閒愁豆怎減劉郎風度叶屠

蘇辦了句迤邐柳欺梅妬叶宮壺未曉句早騎馬豆繡車盈路叶還又把豆月夜花朝句自今細數叶

《九宮大成》入南詞黃鐘宮正曲。

《武林舊事》云：守歲之詞雖多，極難其選，獨守齋《一枝春》最爲近世所稱。

「夜起」、「帳暖」、「翠鼎」、「未舉」、「自賞」、「辦了」、「未曉」、「又把」皆去上，「送」、「歲」、「綉」皆去聲。末句去平去上尤要，「迤」字尚宜用去，此調音節在此，不可移易。「舉」字不是叶韻。「欺」字一作「歡」，「自」字一作「從」，誤。「日」、「月」可平。

**被花惱** 九十七字

疏疏宿雨釀輕寒句簾幕靜垂清曉韻寶鴨微温瑞烟少叶檐聲不動句春禽對語句夢怯頻驚覺叶欹珀枕句倚銀牀句半窗花影明東照叶　惆悵夜來風句生怕嬌香混瑶草叶披衣便起句小徑回廊句處處都行到叶正千紅萬紫競芳妍句又還似豆年時被花惱叶驀忽地豆省得而今雙鬢老叶

此自度腔，以詞中句立名。

**曲游春** 百三字

清明湖上　　施　岳

畫舸西泠路句佔柳陰花影句芳意如織韻小楫衝波句度麴塵扇底句粉香簾隙叶岸轉斜陽隔叶又

過盡豆別船簫笛叶傍斷橋豆翠繞紅圍句相對半篙晴色叶　頃刻叶千山暮碧叶向沽酒樓前句猶繫金勒叶乘月歸來句正梨花夜縞句海棠烟冪叶院宇明寒食叶醉乍醒豆一庭春寂叶任滿身豆露濕東風句欲眠未得叶

前無作者，想是創製。「意」、「暮」、「繫」、「未」四字，必去聲，勿誤。

## 又一體百二字　　周密

禁烟湖上薄游，施中山賦詞甚佳，余因次其韻。

禁苑東風外句颺暖絲晴絮句春思如織韻燕約鶯期句惱芳情偏在句翠深紅隙叶漠漠香塵隔叶沸十里豆亂絲叢笛叶看畫船豆盡入西泠句閒卻半湖春色叶　柳陌叶新烟凝碧叶映簾底宮眉句隄上游勒叶輕暝籠烟句怕梨雲夢冷句杏香愁冪叶歌管酬寒食叶奈蝶怨豆良宵岑寂叶正恁醉月搖花句怎生去得叶

此和施韻，只「刻」字改用「陌」字，非正韻也，說見前。《圖譜》亂注句讀，《詞律》已駁之矣。「正恁醉月搖花」句，《詞綜》、《詞律》同，《笛譜》作「正滿湖碎月搖花」，與施作合，未知孰是。「絲」字《笛譜》作「弦」。「畫」、「卻」、「杏」可平。「湖」、「簾」、「輕」、「歌」可仄。

**又一體**百二字

次韻　趙功可

千樹籠芳草句正蒲風微過句梅雨新霽韻客裡幽窗句算無春可到句和愁都閉叶萬種人生計叶應不似豆午天閒睡叶起來時句踏碎松陰句蕭蕭欲動疑水叶　借問歸舟歸未叶望柳色烟光句何處明媚叶抖擻人間句除離情別恨句乾坤餘幾叶一笑晴鳧起叶酒醒後豆闌干獨倚叶時見雙燕飛來句斜陽滿地叶

換頭二字不叶韻，結句同周作「起來時」句，元《草堂詩餘》缺「時」字。

**江樓令**五十二字

晚眺　吴則禮

恁闌試覓江樓句韻聽考考豆城頭暮鼓叶數騎翩翩度孤戍叶盡雕弓白羽叶　平生正被儒冠誤叶待閒看將軍射虎叶朱檻蕭蕭過微雨叶送斜陽西去叶

此與各調皆不合，想是創製，取首句爲名。各譜皆不載。

## 昇平樂百二字

吴　奕

水閣層臺句竹亭深院句依稀萬木籠陰韻飛暑無涯句行雲有勢句晚來細雨回晴叶庭槐轉影句近紗廚豆兩兩蟬鳴叶幽夢斷句把金猊旋爇句蘭炷微熏叶　堪命俊才儔侶句對華筵坐列句朱履紅裙叶檀板輕敲句金樽滿泛句從教畏日西沉叶金絲玉管句間歌喉豆時奏清音叶唐虞世句儘陶陶沉醉叶且樂昇平叶

唐樂府商調曲，《九宮大成》入南詞大石調正曲，許《譜》同。《宋史·樂志》云：教坊都知李德昇作《萬歲昇平樂》曲，周密天基聖節排當樂次，樂奏夾鐘宮第三盞，笙起《昇平樂慢》。《續資治通鑑》云：嘉定十七年十一月丁亥，詔改明年爲寶慶元年。己丑詔以生日爲天基節。《十駕齋養新録》云：理宗生辰五月五日。愚按：此下三人時代無考，當是彼時應製所作，《詞律》失收。調見《花草粹編》，庚、青、真、文、侵韻互用，太涉泛濫。「竹」字《歷代詩餘》作「短」，「紗廚」上缺「近」字，「從」字作「總」，「把」字作「枕」，「世」字作「景」，皆誤。

## 惜春全五十二字

高漢臣

暑往寒來韻早霜凝露冷句菊老梅開叶翡翠簾垂不捲句畫堂幽雅句綉閣安排叶　風透户句月侵階叶又還是豆小春節届換仄叶且開懷平叶喜逢時遇景句夫婦和諧叶

《九宮大成》入南詞羽調引，許《譜》同。

周密天基聖節排當樂次，有「方響獨打正宮」。《惜春令》調見《詞譜》。「全」字疑是「令」字之訛，然與杜安世《惜春令》不同，與《留春令》亦無涉，故分列。

## 碧牡丹慢 九十八字

李致遠

破鏡重圓句分釵合鈿句重尋綉户珠箔韻說與從前句不是我情薄叶都緣利役名牽句飄蓬無定句翻成輕諾叶別後情懷句有萬千牢落叶　經時最苦分攜句都爲伊豆甘心寂寞叶縱滿眼豆閒花媚柳句終是強歡不樂叶待憑鱗羽句欲寄相思句水遠天長又難託叶而今幸已再逢句把輕離斷卻叶

周密天基聖節排當樂次，第十盞《碧牡丹慢》。

調見《花草粹編》，與張先《碧牡丹》不同，想是衍爲慢曲。他無作者，《詞律》及各譜皆失載。

## 宴瑤池 百一字

神仙詞

奚淺

紫鸞飛舞句又東華宴罷句歸步凝碧韻縹緲天風吹送處句泠泠珮聲清逸叶青童兩兩句爭笑撚豆

琪花半折叶羽衣寒露香披句翠幢珠輅去露疾叶　西真還又傳帝勅叶霞城檢校句問學仙消息叶玉府高寒句有不老丹容句自然瓊液叶人間塵夢句應誤認豆烟痕霧跡叶洞雲依約開時句丹華飛素白叶

調見《樂府雅詞》，與《瑶池燕》無涉。舊譜謂即《八聲甘州》，今考其句調，全不符合，且《八聲甘州》皆用平韻，無仄韻者，自另一調。舊譜未知何據，當另列。《詞律》失收。

## 清夜游九十七字

周端臣

西園昨夜句又一番豆闌風伏雨韻清晨按行處叶有新綠照人句亂紅迷路叶歸吟窗底句但餅几豆留連春住叶窺晴小蝶翩翩句等閑飛來似相妬叶　遲暮叶家山信杳句奈錦字難憑句清夢無據叶春盡江頭句啼鵑最凄苦叶薔薇幾度花開誤叶風前翠樽誰舉叶也應念豆留滯周南句思歸未賦叶

《宋史·樂志》：太宗製大石調，原注越調。

調見《陽春白雪》，是自製曲，他無作者，《詞律》失收。

《拾遺記》云：隋煬帝月夜從宫女數千騎游西苑，作《清夜游》曲，於馬上奏之。

## 春歸怨百四字

問春爲誰來爲誰去句怱怱太速韻流水落花句夕陽芳草句此恨年年相觸叶細履名園句閒看嘉

樹句藹翠陰成簇叶爭知也被韶華句換卻詩人鬢邊綠叶　小花深院靜句旋引清樽句自歌新曲叶燕子不歸來句風絮亂吹簾竹叶誤文姬句凝望久句心事想勞頻卜叶但門掩黃昏句數聲啼鴂句又喚起豆相思一掬叶

原注越調，亦自度曲，亦無他作，《詞律》失收。

「爲誰去」「爲」字、「太」字、「鬢」字、「一」字，皆仄聲，勿誤。「藹」字葉《譜》作「靄」，「姬」字作「君」。

## 惜餘妍九十四字

被召賦二色木香　　曹邍

同根異色句看鏤玉雕檀句芳艷如簇韻秀葉玲瓏句嫩條下垂修綠叶禁苑深鎖清妍句香滿架豆風梳露浴叶輕陰便似句覺酴醾格調粗俗叶　蜂黃間塗蝶粉句疑舊日二喬句各樣妝束叶費卻春工句鬥合靚芳穠馥叶翠華臨檻清賞句飛鳳斝豆休辭醉玉叶晴晝句鎖貯瑤臺金屋叶

見《陽春白雪》，與吳文英《惜秋華》第三首相似，但前結不同。換頭句六字不叶韻，比吳作多一字，「晴晝」二字不叶，平仄微異，恐非一調，仍另列。

「異」、「艷」、「露」、「調」、「蝶」、「樣」、「醉」等字，宜去聲，勿誤。「苑」字，《陽春》作「華」，誤。「鎖」字一作「鎮」。「貯」字下，一本有「春」字，衍誤。

## 晴偏好 二十四字

李霜涯

平湖千頃生芳草韻芙蓉不照紅顛倒叶東坡道叶波光瀲灧晴偏好叶

《花草粹編》云：西湖雖有山泉，而大旱亦嘗龜坼。嘉熙庚子，水涸茂草生焉，祈雨無應，李戲作此，邏者廉捕之不得。《武林舊事》云：諸色技藝人李霜涯，作賺絕倫。

## 箇儂 百五十九字

廖瑩中

恨箇儂無賴句賣嬌眼豆春心偷擲韻沙軟芳隄句苔平蒼徑句卻印下豆幾弓纖跡叶花不知名句香纔聞氣句似月下箜篌句蔣山傾國叶半解羅襟句蕙熏微度句鎮宿粉豆棲香雙蝶叶語態眠情句感多時豆輕留細閱叶休問望宋牆高句窺韓路隔叶　尋尋覓覓叶又暮雨豆遥峰凝碧叶花徑横烟句竹扉映月句儘一刻豆千金堪值叶卸襪薰籠句藏燈衣桁句任裹臂金斜句搔頭玉滑叶更怪檀郎句惡憐深惜叶幾顫裊豆周旋傾側叶碾玉香鈎句甚無端豆鳳珠微脱叶多少怕聽曉鐘句瓊釵暗擘叶

《詞筌》云：賈循州好集文士於館第，時推廖瑩中爲最。其詩文不傳，偶見鈔本《箇儂》一詞，頗富艷。

調見《詞筌》，以起句立名，《詞律》不載。舊説明楊慎因《六醜》之名不雅，改名《箇儂》。今廖瑩中先有此調，與《六醜》迥別，是調名不始於楊也。然細繹此詞，句法雖不同，亦用《六醜》韻腳，而楊作兩起句與此全同，後亦大同小異，雖周作原韻句法亦有參錯，二者必有一僞，姑存以俟考。

### 梅子黄時雨 九十六字

張　榘

雲宿江樓句愛留人夜語句頻斷燈灶韻奈倦情如醉句黑甜清午叶漫道迎薰何曾是句簟紋成浪衣成雨叶茶甌注句新期紅院句殘夢蓮渚叶　應誤叶重簾淒泞叶記并刀翦翠句秋扇留句叶信那回輕道句而今歸否叶十二曲闌隨意憑句楚天不放斜陽暮叶沉吟處叶池草暗喧蛙鼓叶

《九宫大成》入南詞雙調引。

見《陽春白雪》，以詞意立名。

「夜」、「斷」、「夢」、「翦」、「扇」五字必去聲，勿徇《圖譜》之誤。

### 又一體 九十三字

別羅江諸友

張　炎

流水孤村句愛塵事頓消句來訪深隱韻向醉裡誰扶句滿身花影叶鷗鷺相看比瘦句近來不是傷春病叶嗟流景叶竹外野橋句猶繫烟艇叶　誰引叶斜川歸興叶便啼鵑縱少句無奈時聽叶待棹擊空明句漁波千頃叶彈斷琵琶留不住句最愁人是黄昏近叶江風緊叶一行柳絲吹瞑叶

原題《詞律》作《病中懷歸》。「鷗鷺」句，《詞律》作「鷗鷺驚看相比瘦」七字，一本作「鷗鷺相看驚比瘦」，此等調前後不應參差，張作原本是七字，但舊刻皆然，未便遽改，存疑俟考。

「嗟」字一作「嘆」，「烟」字作「空」，「波」字作「潮」，「絲」字作「陰」，今從《詞譜》。「竹」、「外」可平。「一」去聲。

## 湘春夜月 百二字

黃孝邁

近清明句翠禽枝上銷魂韻可惜一片清歌句都付與黃昏叶欲共柳花低訴句怕柳花輕薄句不解傷春叶念楚鄉旅宿句柔情別緒句誰與温存叶　空樽夜泣句青山不語句殘月當門叶翠玉樓前句惟是有一波湘水句摇蕩湘雲叶天長夢短句問甚時重見桃根叶這次第句算人間豆没個并刀句翦斷心上愁痕叶

調見《陽春白雪》，此自度曲。結處《詞律》於「個」字斷，字句原可不拘，今從葉《譜》。「一波」，一本作「一江」誤，或是「一陂」，今從《絶妙好詞》本。

## 春聲碎 七十八字

南浦送别

譚宣子

津館貯輕寒句脈脈離情如水韻東風不管句垂楊無力句總雨𩆜烟寐叶闌干外叶怕春燕掠天句疏鼓疊句春聲碎叶　劉郎易憔悴叶況是𢡟𢡟病起叶蠻箋漫展句便寫就豆新詞倩誰寄叶當此際豆

渾似夢峽啼湘句一寸相思千里叶

原注自度腔，以前結句爲名。見《陽春白雪》及《翰墨全書》，《詞律》失收。「寐」字一本作「膩」，前結作「怕看燕掠」，又「倩」字下多「將」字，後結作「攪一寸相思意」。

## 鳴梭 八十八字

織綃機上度鳴梭韻年光容易過叶縈縈情緒句似水烟山霧兩相和叶漫道當時何事句流盼動層波叶巫影嵯峨叶翠屏牽薜蘿叶　不須微醉自顏酡叶如今難恁麼叶燭花銷艷句但替人垂淚滿銅荷叶賦罷西城殘夢句猶問夜如何叶星耿斜河叶候蟲聲更多叶

調見《陽春白雪》。原注自度曲，取起句爲名。《詞律》亦未收。「艷」字，葉《譜》作「焰」。

## 西窗燭 八十九字

雨霽江行

春江驟漲句曉陌微乾句斷雲和夢相逐韻料應怪我頻來去句似千里迢遥句傷心極目叶爲楚腰慣舞東風句芳草萋萋襯緑叶　燕飛獨叶知是誰家句簫聲多事句吹咽尋常怨曲叶儘教襟袖香泥

涴句君不見揚州句三生杜牧叶待淚華豆暗落銅盤句甚夜西窗剪燭叶

調見《陽春白雪》，原注自度曲，取末句爲名也。《詞律》亦未收。「雲」字，葉《譜》作「魂」。

**城頭月**五十字

贈道士梁青霞　　馬天驥

城頭月色明如畫韻總是青霞有叶酒醉茶醒句饑餐困睡句不把雙眉皺叶　坎離龍虎勤交媾叶煉得丹砂就叶借問羅浮句蘇躭鶴侶句還似先生否叶

《九宮大成》入南詞小石調正曲，許《譜》同。

李昴英《文溪詞注・和廣帥馬方山韻，贈斗南樓道士青霞梁彌仙》是此調，爲馬天驥所創，取首三字爲名。此調與《少年游》無異，但用仄韻，非一體也。「困」字、「鶴」字，必仄聲，勿誤。「月」、「酒」、「不」、「坎」可平。「城」、「龍」、「還」可仄。

**市橋柳**五十六字

蜀　妓

欲寄意豆渾無所有韻折盡市橋官柳叶看君着上春衫句又相將豆放船楚江口叶　後會不知何

日又叶是男兒豆休在鎮長相守叶苟富貴無相忘句若相忘豆有如此酒叶

此以次句立名。

《齊東野語》云：蜀妓類能文，蓋薛濤之遺風也。一蜀妓席上作送行詞云云，乃妓自度曲，今即名《市橋柳》云。《詞律》云：「休」字各刻同，不通，宜改「須」字，與下「苟」字應。愚按：數虚字層折而下，宛轉關生，妙不可言。若改「須」字，直率無味。下文「苟」字，反不應矣。萬氏臆改，謬之甚矣！

## 倚風嬌近 七十字

周密

雲葉千重句麝塵輕染金縷韻弄嬌風軟霞綃舞句花國選傾城句暖玉倚銀屏句綽約娉婷句淺素宮黄争嫵叶　生怕春知句金屋藏嬌深處叶蜂蝶尋芳無據叶醉眼迷花映紅霧叶修花譜叶翠毫夜濕天香露叶

調見《蘋洲漁笛譜》，僅此一首。《詞律》及各譜皆失收。「城」、「屏」、「婷」三字似各叶，不應三句皆不押韻，惜無他詞可證，姑存此説。

## 玉京秋 九十五字

秋思

烟水闊韻高林弄殘照句晚蜩淒切叶畫角吹寒句碧砧度韻句銀牀飄葉叶衣濕桐陰露冷句採涼花豆

時賦秋雪叶難輕別叶一襟幽事句砌蛩能說叶　客思吟商還怯叶怨歌長豆瓊壺暗缺叶翠扇陰疏句紅衣香褪句翻成銷歇叶玉骨西風句恨最恨豆閒卻新涼時節叶楚簫咽叶誰倚西樓淡月叶

《笛譜原序》：夾鐘宮。

此調他無作者，自是創製。《草窗詞》缺「畫角吹寒」四字，「難」字作「嘆」、「陰」字作「恩」，從《詞律訂》補。

《詞律》缺「陰」字，誤。

## 露華 九十四字

憶別和寄聞韶

暖消蕙雪句漸水紋漾錦句雲淡波容韻岸香弄蕊句新枝輕裊條風叶次第燕歸將近句愛柳眉豆桃靨烟濃叶鴛徑小句芳屏聚蝶句翠渚飄鴻叶　六橋舊情如夢句記扇底宮眉句花下游驄叶選歌試舞句連宵醉戀瑤叢叶怕裡早鶯啼醒句問杏鈿豆誰點愁紅叶心事悄句春嬌又入翠峰叶

舊譜名《露華憶》，或云「憶」字是「慢」字之訛。《蘋洲漁笛譜》無「憶」字，此傳寫之誤。舊說皆以爲王沂孫製，周與王同時，不知何人所創。《詞律》未收此體。

「暖」字一作「曉」，「燕」字作「雁」，「瑤」字作「珍」，「問杏」二字作「睡箏」。「裡」字一作「春」，葉《譜》作「底」，又缺「事」字，皆誤。「岸」、「柳」、「選」可平。「新」、「輕」、「桃」、「連」可仄。

**又一體**九十四字

碧桃　　王沂孫

晚寒竚立句記鉛輕黛淺句初認冰魂韻碧羅襯玉句猶凝茸唾香痕叶淨洗妬春顏色句勝小紅豆臨水湔裙叶烟渡遠句應憐舊曲句換葉移根叶　山中去年人別句怪月悄風輕句閒掩重門叶瓊肌瘦損句那堪燕子黃昏叶幾片過溪浮玉句似夜歸豆深雪前村叶芳夢冷句雙禽誤宿粉雲叶

此與周作通體全同，定是一調，只「鉛」字平聲宜用仄，張炎一首亦用「翠」字。「晚」字一作「曉」，「碧」字作「紺」，「別」字作「到」，「過」字作「故」，今從《詞譜》。「碧」、「小」、「幾」、「夜」可平。「初」、「猶」、「茸」、「臨」可仄。

**又一體**九十二字　　王沂孫

紺葩乍坼韻笑爛漫嬌紅句不是春色叶換了素妝句重把青螺輕拂叶舊歌共渡烟江句卻佔玉奴標格叶風霜陗句瑤臺種時句付與仙骨叶　閒門晝掩淒惻叶似淡月梨花句重化清魄叶尚帶唾痕香凝句怎忍攀摘叶嫩緑漸暖溪陰句簌簌粉雲飛出叶芳艷冷句劉郎未應認得叶

此用入聲韻，或是王沂孫所改。《詞律》只載此體。前後第七句各六字，比前作少二字。「乍」、「是」、「素」、「共」、「種」與「晝」、「化」、「唾」、「漸」、「認」等字，亦用去聲，勿誤。第四、五句，前上四下六字，後上六下四字不拘。「滿」字，《詞綜》作「暖」，誤。「凝」去聲。

## 緑蓋舞風輕九十七字

白蓮

玉立照新妝句翠蓋亭亭句凌波步秋綺韻真色生香句明璫摇淡月句舞袖斜倚叶耿耿芳心句奈千縷情絲縈繫叶恨開遲句不嫁東風句顰怨嬌蕊叶　花底叶漫卜幽期句素手採珠房句粉艷初洗叶雨濕鉛腮句碧雲深句暗聚軟綃清淚叶訪藕尋蓮句楚江遠豆相思誰寄叶棹歌回句衣露滿身花氣叶

此是創製。以本意立名，平仄悉宜從之，無他作者。「步」、「袖」、「怨」、「艷」四字，去聲不易。「綺」字《詞律》作「漪」，云平作仄，係借用，非也。「碧雲深暗聚」當斷句，與前段合。「洗」字《笛譜》作「褪」，失韻，誤。

## 月邊嬌九十七字

元夕懷舊

酥雨烘晴句早柳盼嬌顰句蘭芽愁醒韻九街月淡句千門夜暖句十里寶光花影叶塵凝步襪句送艷笑豆爭誇輕俊叶笙簫迎曉句翠幕捲豆天香宮粉叶　少年紫曲疏狂句絮花蹤跡句夜蛾心性叶戲叢圍錦句鐙簾轉玉叶拚卻舞勾歌引叶前歡漫省叶又輦路豆東風吹鬢叶醺醺倚醉句任夜深春冷叶

此亦無他作者，是自度曲，平仄宜遵。

「步」、「淡」二字必去聲，方振得起。「省」字可不叶，是偶合。「塵凝步襪」，一本作「步襪塵瑩」，或作「凝」，是「瑩」、「凝」字皆讀去聲，「襪」字以入作平。「輕」字，《詞律》作「清」，「迎」字作「迫」，「深」字，葉《譜》作「寒」，皆誤。「紫」字一作「韋」。

## 國香慢九十九字

賦子固凌波圖

玉潤金明韻記曲屏小几句剪葉移根叶經年汜人重見句瘦影娉婷叶雨帶風襟零落句步雲冷豆鵝管吹春叶相逢舊京洛句素靨塵緇句仙掌霜凝叶　國香流落恨句正冰鋪翠薄句誰念遺簪叶水天空遠句應念礬弟梅兄叶渺渺魚波望極句五十絃豆愁滿湘雲叶淒涼耿無語句夢入東風句雪盡江清叶

《草窗詞》原題上有「夷則商」三字，是宮調名，非詞名也。《蘋洲漁笛譜》注商調，張炎詞無慢字。

《珊瑚綱》云：趙孟堅水墨雙鉤水仙卷，自跋云：余久不作此，又方病目未愈。子用徵夙諾良亟，急起描寫，轉益拙俗，觀者求於形似之外可爾。彝齋弁陽老人周密題《夷則國香慢》云云。

換頭有「國香」字，自注宮調，其爲自製無疑。庚青韻雜入真文元，不可學。「舊京洛」，「耿無語」，用仄平仄，宜從之。「洛」字，葉《譜》作「路」，「雲」字作「靈」，「香」字作「霜」，「鋪」字作「綃」，「天空」二字作「空天」，今從《草窗詞》。

## 采緑吟百字

甲子夏，霞翁會吟社諸友逃暑於西湖之環碧。琴樽筆硯，短葛練巾，放舟於荷深柳密間。舞影歌塵，遠謝耳目。酒酣，採蓮葉，探題賦詞。余得《寒垣春》，翁爲翻譜數字，短簫按之，音極諧婉，因易今名云。

采緑鴛鴦浦句放畫舸豆水北雲西韻槐薰入扇句柳陰浮槳句花露侵詩叶點塵飛不到句冰壺裡豆紺霞淺壓玻璃叶想明璫豆淩波遠句依依心事寄誰叶　移棹艤空明句蘋風度豆璚絲霜管清脆換仄叶咫尺挹幽薌句悵岸隔紅衣平對滄洲豆心與鷗閒句吟情渺豆蓮葉共分題平叶停杯久句涼月漸生句烟合翠微平叶

此調與《塞垣春》前段相似，後段起結，逈不相侔。且用平韻，自是創製，惜未注明宫調。《詞律》誤遺未載「畫舸」上，《詞譜》有「放」字，從之。「寄誰」作「誰寄」，一本作「誰知」，又於「脆」字句，注仄叶，謂前結後結兩仄韻，蓋亦平仄互叶體也。「合」字作「含」。「壓」字，《草窗詞》作「靨」，「岸隔」二字作「隔岸」。「蓮葉」二字作「蓬萊」。後段次三句，葉《譜》於「絲」字句注叶，「脆」字不注仄叶。

# 詞繫卷二十四

宋 元附

馮偉壽

## 玉連環百四字

懷李謫仙

謫仙往矣句問當年豆飲中儔侶句於今誰在韻嘆沉香醉夢句邊塵日月句流浪錦袍宮帶叶高吟三峽動句舞劍九州隘叶玉皇歸覲句半空遺下句詩囊酒珮叶　雲月仰挹清芬句攬虬鬚豆尚友風流千載叶算晉宋頹波句羲皇淳俗句都付樽前一慨叶待相將共躡句向龍肩鯨背叶蒼茫極目句海山何處句五雲靉靆叶

調見《雲月詞》，是自度曲，與《一絡索》、《解連環》之別名《玉連環》皆不同。「邊塵日月」四字，《詞律》作「華清夜月」。「淳俗」二字作「春夢」，又「風流」二字、「算」字、「都付」二字、「向」字、「蒼茫極目」四字，俱缺，今從《詞譜》補訂。「樽前」二字，《詞譜》作「酒樽」。

## 雲仙引九十八字

桂花

紫鳳臺傍句紅鸞鏡裡句緋緋幾度秋馨韻黃金重句緑雲輕叶丹砂鬢邊滴粟句翠葉玲瓏烟剪成叶含笑出簾句月香滿袖句天霧縈身叶　年時花下逢迎叶有游女豆翩翩如五雲叶亂擲芳英句爲簪斜朵句事事關心叶長向金風句一枝在手句嗅蕊悲歌雙黛顰叶遠臨溪樹句對初弦月句露下更深叶

《草堂詩餘》注夾鐘羽，此亦自度曲。「烟」、「如」、「雙」三字，平聲，不可改易。此詞用庚青韻雜入真文兼侵尋閉口韻，不可學。「傍」字，《草堂》作「高」，「遠」字作「遶」。「馨」字，《詞律》作「聲」。「鏡」字一作「影」。

## 春雲怨百三字

上巳

春風惡劣韻把數枝香錦句和鶯吹拆叶雨重柳腰嬌困句燕子欲扶扶不得叶軟日烘烟句乾風收霧句芍藥荼蘼弄顔色叶簾幕輕陰句圖書清潤句日永篆香絶叶　盈盈笑靨宮黃額叶試紅鸞小扇句丁香雙結叶團鳳眉心倩郎貼叶教洗金罍句共看西堂句醉花新月叶曲水澄空句麗人何處句往

事暮雲萬葉叶

自注黃鐘宮，俗呼大石調。《九宮大成》入南詞大石調正曲。

《歷代詩餘》云：馮艾子自度曲，其詞傷春感昔，故以怨名。他無作者。「弄」、「篆」、「倩」、「萬」諸去聲字勿誤。「澄」字葉《譜》作「成」。

## 春風嫋娜百二十五字

春恨

被梁間雙燕句話盡春愁韻朝粉謝句午花柔叶倚紅闌句故與蝶圍蜂遶句柳綿無數句飛上搔頭叶鳳管聲圓句蠶房香暖句笑挽羅衫須少留叶隔院蘭馨趁風遠句鄰牆桃影伴烟收叶　些子風情未減句眉頭眼尾句萬千事豆欲説還休叶薔薇刺句牡丹球叶殷勤記省句前度綢繆叶夢裡飛紅句覺來無覓句望中新緑句別後空稠叶相思難偶句嘆無情明月句今年已是句三度如鈎叶

原注黃鐘羽即般涉調，自度曲，《九宮大成》入南詞雙調正曲。

《古今詞話》云：馮雙溪與黃玉林互相標榜，其子偉壽字文子，精於律吕，詞多自製腔，有自度《春風嫋娜》詞云云。殊有前宋泰、晁風艷，比之晚宋酸餡味、教督氣，不侔矣。文子小名艾，非誤文也。以雙溪壽玉林《沁園春》詞考之，云「更攜阿艾，同壽靈椿」可證。黃花庵云：馮艾子，字偉壽，號雲月。

「刺」字，葉《譜》作「露」，「覓」字作「迹」。

## 垂楊 百字

陳允平

銀屏夢覺韻漸淺黃嫩緑句一聲鶯小叶細雨輕塵句建章初閉東風悄叶依然千里長安道叶翠雲鎖玉窗深窈叶斷橋人句空倚斜陽句帶舊愁多少叶　還是清明過了叶任烟縷露條句碧纖青嫋叶恨隔天涯句幾回惆悵蘇隄曉叶飛花滿地誰爲掃叶甚薄倖豆隨波縹緲叶縱啼鵑豆不喚春歸句人自老叶

《九宫大成》入南詞高大石調正曲，許《譜》同。

調見《日湖漁唱》，此詠本意爲名。白樸亦有此調，不知誰製。或謂與《絳都春》相似，但兩結句法不同。陳作《絳都春》尾句卻有「垂陽」二字，或因其調而變化之歟？

「夢」、「嫩」、「舊」、「過」、「露」、「自」等字去聲。《詞律》云：「建章」句、「幾回」句皆束上語，「依然」句、「飛花」句，皆連下相應語，所謂段落也。此語是。作者勿作對偶，語氣乃協。至所注平仄，凡詞皆宜四聲照填，方能協律。蓋今人宫調失傳，惟謹守古人成法，何獨此調爲然。「縱」字，《調律》缺，今從《日湖漁唱》、《絶妙好詞》增補。「里」字一作「樹」，誤。「帶」字，葉《譜》作「縈」。「淺」、「縷」、「碧」、「滿」可平。「章」、「依」、「條」、「回」可仄。「覺」去聲。「薄」作平。

## 又一體 九十九字

白樸

闌山杜宇韻甚年年喚得句春光歸去叶怕上高城望遠句烟水迷南浦叶賣花聲動天街曉句總吹

入豆東風庭户叶正紗窗豆濃睡覺來句鶯翠蛾愁聚叶　一夜狂風橫雨叶恨西園媚景句匆匆難駐叶試把芳菲檢點句鶯燕渾無語叶玉纖空折梨花撚句對寒食豆懨懨心緒叶試問東君句落花誰是主叶

前後段兩第四五句，上六下五字，六句不叶韻。後結一四、一五字，比陳作少一字。此調作者甚少，各立主名，不得與《絳都春》相並也。

## 青房並蒂蓮百三字

王沂孫

醉凝眸韻是楚天秋晚句湘岸雲收叶草緑蘭紅句淺淺小汀洲叶芰荷香裡鴛鴦浦句恨菱歌豆驚起眠鷗叶望去帆豆一片孤光句棹聲伊軋艣聲柔叶　愁窺汴隄翠柳句曾舞送當時句錦纜龍舟叶擁傾國豆纖腰皓齒句笑倚迷樓叶空令五湖烟月句也羞照豆三十六宫秋叶正朗吟豆不覺回橈句水花飄葉兩悠悠叶

調見《陽春白雪》及《花外集》，自是創製。一本爲周邦彦作，誤。《詞律》未收。「晚」字一本作「曉」，「烟」字作「夜」，今從《詞譜》。

## 鳳鸞雙舞九十六字

汪元量

慈元殿句薰風寶鼎句噴香雲飄墜韻環立翠羽句雙歌麗調句舞腰新束句舞纓新綴叶金蓮步豆輕搖鳳兒句翩翩作勢叶便似月裡姮娥句謫來人間天上句一番游戲叶　聖人樂意叶任樂部句簫韶聲沸叶衆妃歡也句漸調笑微醉叶競捧霞觴句深深願豆聖母壽如松桂叶迢遞叶更賞萬年千歲叶

調見《水雲詞》，各譜及《詞律》皆失載。

## 秋夜雨五十一字

秋雨

蔣捷

黄雲水驛秋笳噎韻吹人雙鬢如雪叶愁多無奈處句謾碎把豆寒花輕撚叶　紅雲轉入香心裡句夜漸深豆人語初歇叶此際愁更別叶雁落影豆西窗殘月叶

蔣氏《九宫譜》注商調，《九宫大成》入南詞商調引，與本調正曲不同。調見《竹山樂府》。《秋雨》一首，春夏冬疊韻三首，原注蔣正夫全作。春夏冬各一闋次前韻，是命名之義，因《秋雨》而作也。

「鬢」字、「語」字，皆用仄聲，「更」字，去聲，勿誤。「際」字，照前段當用平聲，然四首皆仄，與前不同。「此」可平。「愁」可仄。

**春夏兩相期** 百字

壽謝令人

聽深深豆謝家庭館韻東風對語雙燕叶似說朝來句天上婺星光現叶金裁花誥紫泥香句綉裹藤輿紅茵軟叶散蠟宮輝句行鱗廚品句至今人羨叶　西湖萬柳如綫叶料月仙當此句小停飈輦叶付與長年句教見海心波淺叶縈雲玉珮五侯門句洗雪華桐三春苑叶慢拍調鶯句急鼓催鸞句翠陰生院叶

此調他無作者，想其創製，平仄並無訛誤，決無改理，《圖譜》、《詞律》之說皆不可從。「藤輿紅茵」、「華桐三春」，皆四平聲，勿誤。「誥」字一作「結」。「洗雪華桐」，《汲古》、《詞律》作「洗雲華洞」，誤，今從《詞譜》改正。

**翠羽吟** 百二十四字

王君本示予越調《小梅花引》，俾以飛仙步虛之意爲其辭，予謂泛泛言仙，似乎寡味，越調之曲與梅花宜，羅浮梅花，真仙事也。演以成章，名《翠羽吟》。

紺露濃韻映素空叶樓觀悄玲瓏叶粉凍霽英句冷光摇蕩古青松叶半規黃昏淡月句梅氣山影溟濛叶有麗人豆步依修竹句瀟然態若游龍叶　綃袂微皺水溶溶叶仙莖清瀣句淨洗鉛紅叶勸我

浮香桂酒句環珮暗解句聲飛芳靄中叶弄春弱柳垂絲句慢按翠舞嬌童叶醉不知何處句驚翦翦豆淒緊霜風叶夢醒尋痕訪蹤叶但留殘月掛遥穹叶梅花未老句翠羽雙吟句一片曉峰叶

此以結句立名，自是創製，他無作者，平仄從之。

「鉛」字，《汲古》、《詞律》作「斜」，「但留」句缺「月」字，「遥」字不成句，今從《詞譜》訂正。「覩」去聲。

## 珍珠令 五十四字　張炎

桃花扇底歌聲杳韻愁多少叶便覺道豆花陰閒了叶因甚不歸來句甚歸來不早叶　滿院飛花休要掃叶待留與豆薄情知道叶知道叶惜一似飛花句和春都老叶

此調諸譜不載，僅見《山中白雪詞》，其爲自度曲無疑。「飛花」二字，《歷代詩餘》作「花飛」。

## 鬥鷄回 五十一字　杜龍沙

鶯啼人起句花露真珠灑韻白苧衫句青驄馬叶綉陌相將句鬥鷄寒食下叶　回廊暝色愔愔句應是待歸來也叶月漸高句門猶亞叶悶剔銀釭句漏聲初入夜叶

調見《陽春白雪》，原注夾鐘商，「回」，葉《譜》作「曲」，不知何據。此以前結句立名。龍沙，名未詳。《詞律》失收。

「門」、「漏」二字，去聲，「食」、「入」二字，或以入作去，切勿用平上聲。「缸」字一作「燈」。

## 五福降中天 八十六字

江致和

喜元宵三五句縱馬御柳溝東韻斜日映珠簾句瞥見芳容叶秋水嬌橫俊眼句膩雪輕鋪素胸叶愛把菱花句笑勻粉面露春葱叶　徘徊步懶句奈一點豆靈犀未通叶悵望七香車去句慢展春風叶雲情雨態句願暫入豆陽臺夢中叶路隔烟霞句甚時還許到蓬宫叶

調見《花草粹編》。或加「慢」字，此爲正調，與沈端節詞乃《齊天樂》之別名不同。江致和時代失考。《詞律》失收。

## 向湖邊 百四字

江緯

退處鄉關句幽棲林藪句舍宇第須茅蓋韻翠巘清泉句啟軒窗遙對叶遇等閒豆鄰里過從句親朋臨顧句草草便成歡會叶策杖攜壺句向湖邊柳外叶　旋買溪魚句便斫銀絲鱠叶誰復欲痛飲句如長鯨吞海叶共惜醺酣句恐歡娛難再叶矧清風明月非錢買叶休追念豆金馬玉堂心膽碎叶且鬥樽前句有阿誰身在叶

調見《花草粹編》，以前結句爲名。《詞律》謂似《拜星月慢》，又謂略似《剪牡丹》，皆非也。前段「遇等閒」二句略異，後段則判然兩途矣，何謂相似？篇中凡五字句，皆一領四字句。「過」平聲。

## 慶景樂八十字　　　蕭　回

金陵故國句極目長江句浩渺千里隔韻山無際叶臨壖怒濤磧叶俯春城葦寂叶芳晝迤邐句一簇烟村將晚句嚴光舊臺側叶　何處倦游客叶對此景豆惹起離懷句頓覺舊日意句魂銷愁積叶幽恨綿綿句何計消溺叶回首洛城東句千里暮雲碧叶

調見《花草粹編》，疑有脱誤。《詞譜》從《蕉雪堂鈔本》訂正，《詞律》失載。蕭回時代亦無考。

## 惜寒梅百字　　　無名氏見《復齋雅詞》

看盡千花句喜寒梅豆卻與雪期霜約韻雅態香肌句迥有天然澹泊叶五侯園囿恣游樂叶憑闌處豆重開綉幕叶秦娥妝罷句自遠相從句艷過京洛叶　天涯再見素萼叶似凝愁向人句玉容寂寞叶江上飄零句怎把芳心付託叶那堪風雨夜來惡叶便減動豆一分瘦削叶直須沉醉句尤香殢雪句莫待吹落叶

調見《復雅歌詞》，因詞意爲名。《詞律》未收。

「淡」、「恣」、「綉」、「過」、「向」、「付」、「夜」、「瘦」、「待」等字，皆去聲，宜從。此種體格，猶是宋人遺聲，故附宋末。「恣」去聲。

## 乾荷葉 二十九字

劉秉忠

乾荷葉句色蒼蒼韻老柄風摇蕩换仄叶減清香叶平越添黄叶平都因昨夜一番霜叶平寂寞秋江上仄叶

此自度曲，屬南吕宫。

以首句立名，平仄互叶體。

愚按：詞至南宋極盛且備，元人創調難脱窠臼，改爲三聲並叶，亦標新立異之一法，況北宋已開其先。後漸變爲四聲並叶，遂成北曲，於是詞與曲始判然爲二，實風會使然也。《詞律》以此等調爲元曲不收，不知秉忠卒於宋末咸淳十年，當時北劇尚未創行，何得遽指爲曲？《詞譜》名爲元人《葉兒樂府》，另編一冊，且以《中原音韻》三聲並叶者收入詞調，其四聲並叶者實成爲曲，不收誠爲允當。今遵《詞譜》凡三聲並叶者皆收，仍按時代編列，以見北曲之權輿，實有所本。正詞與曲源流交匯之際，而端委分合之故，運會升降之殊，論世者自可了如指掌已。

## 又一體 三十字

乾荷葉句映枯蒲韻柄折難擎露换仄叶藕絲蕪平叶倩風扶平叶待擎無力不成珠平叶難蓋宿句灘

頭鷺仄叶

只結句六字，與前異。（竹補）

**福壽千春** 九十八字　　盧摯

柳暗三眠句蓂翻七莢句稟昂蕭生時韻信道鳳毛池上種句卻勝河東鸑鷟叶篤志典墳蕡經旨句素得歐陽學叶妙文章句赴飛黃句姓名即登雁塔叶　要成發軔勳業叶便先教濟川句整頓舟楫叶兆朕於今句須從此超遷句榮膺異渥叶他日趣裝事句待還鄉歡洽叶頌椒觴句祝遐算句壽同龜鶴叶

調見《花草粹編》，他無作者。《詞律》失收。用韻太雜。

**平湖樂** 四十二字　一名採蓮子　小桃紅　　王惲

秋風嫋嫋白雲飛韻人在平湖醉換仄叶雲影湖光淡無際仄叶錦屏圍平叶　故人遠在千山外仄叶百年心事句一樽濁酒句長使此心違平叶

《太平樂府》注越調，《九宮大成》入南詞中呂宮正曲。一名《採蓮詞》。

此以次句立名。王別首有「採蓮湖上採蓮嬌」句，故名《採蓮子》，與唐人《採蓮子》不同。元無名氏有「宜插小桃紅」句，故名《小桃紅》，與《連理枝》之別名不同。

此平仄互叶體。「嫋」、「故」、「遠」、「百」、可平。「人」、「心」可仄。

**又一體**四十三字

秋風湖上水增波韻水底雲陰過仄叶憔悴湘疊莫輕和仄叶且高歌平叶　凌波幽夢誰驚破仄叶佳人望斷句碧雲暮合句道別後豆意如何平叶

結句比前作多一字，「道」字是襯字也。

**後庭花破子**三十二字

晚眺臨武堂

綠樹遠連洲韻青山壓樹頭句落日高城望句烟霏翠滿樓叶木蘭舟叶彼汾一曲句春風佳可游叶

《太平樂府》注仙呂調，《唐書》夷則羽俗呼仙呂調。

此元人小令，與唐人之《後庭花》不同，所謂破子者，以其繁聲入破也，詞之以「破子」名者僅此。北曲多名破子，實本諸此，邵亨貞一首，起句平仄相反，餘同，故不録。「綠」、「遠」、「壓」、「翠」、「一」可平。「春」可仄。

### 又一體三十三字

趙孟頫

清溪一葉舟韻芙蓉兩岸秋叶採菱誰家女句歌聲起暮鷗叶亂雲愁叶滿頭風雨句戴荷葉豆歸去休叶

結句六字，比王作多一字，亦襯字。

## 長壽仙百字

趙孟頫

瑞日當天韻對絳闕蓬萊句非霧非烟叶翠光飛禁怨句正淑景芳妍叶彩仗和風細轉換仄叶御香飄滿黃金殿仄叶萬國會朝句喜千官拜舞句億兆同歡平叶　福祉如山如川平叶應玉渚流虹句璇樞飛電仄叶八音奏舜韶句慶玉燭調元平叶歲歲龍輿鳳輦仄叶九重春醉蟠桃宴仄叶天下太平句祝吾皇句壽與天地齊年平叶

《宋史·樂志》般涉調大曲名，《九宮大成》入南詞大石調。調見《松雪集》，想是應製壽詞，與《長壽樂》無涉，《詞律》未收。

《詞譜》云：此平仄互叶體，元詞也，然遵古韻本部三聲叶，與元曲《中原音韻》不同。「會」字、「太」字去聲，想體調當如是。

## 月中仙 百二字

春滿皇州韻見祥雲擁日句初照龍樓叶宮花苑柳句映仙仗雲移句金鼎香浮叶寶光生玉斧句聽鳴鳳豆簫韶樂奏換仄叶德與和氣游平叶天生聖人句千載希有仄叶　祥瑞電繞虹流平叶有雲成五色句芝生三秀仄叶四海太平句致民物雍熙句朝野歌謳平叶千官齊拜舞句玉杯進豆長生春酒仄叶願皇慶萬年句天子與天同壽仄叶

周密天基聖節排當樂次，第三十三盞《月中仙慢》。

此與趙彥端《月中桂》全同，只兩結各少一字，彼全用仄韻，此平仄互叶體。無他作者。天基聖節創立調名。趙本宋王孫，自是宋時應製作。並非一體，故分列。《詞律》未收。

「成」字，《詞譜》作「生」。「樂」字，葉《譜》作「九」。

## 沉醉東風 三十八字

贈歌兒珠簾秀　　胡祗遹

錦織江邊翠竹句絨穿海上明珠韻月淡時句風清處換仄叶都隔斷豆軟紅塵土仄叶一片閒情任卷舒平叶掛盡朝雲暮雨仄叶

《九宮大成》入南詞仙呂宮正曲。

《青樓集》云：珠簾秀，姓朱氏，行第四，雜劇爲當今獨步。胡紫芝宣慰，嘗以《沉醉東風》曲贈云云。馮海粟亦有《鷓鴣天》詞，至今後輩有以朱娘娘稱之者。《輟耕録》云：此與馮子振作皆寓意珠簾，由此聲譽益彰。「軟」字一作「落」。

**湘靈瑟**三十三字

故伎周懿葬城南　劉壎

酸風冷冷句哀笳吹數聲韻醉雨冥冥叶泣瑶英叶　花心路句芙蓉城叶相思幾回魂驚叶腸斷墳草青叶

見《水村吟稿》。此調各譜皆不載，無他作者。

**岷江緑**三十字　曹明善

長門柳絲千萬縷韻總是傷心處叶行人折柔條句燕子銜芳絮叶都不由豆鳳城春做主叶

《輟耕録》云：太師伯顔擅權之日，剡王徹徹都，高昌王帖木兒不花，皆以無罪殺。山東憲吏曹明善時在都下，作《岷江緑》二曲以風之，大書揭於五門之上。伯顔怒，令左右暗察得實，有形捕之。明善出避吴中一僧舍，居數年，伯顔事敗，方再入京。其曲云云。此曲又名《清江引》，俗名《江兒水》。

**又一體**二十九字

長門柳絲千萬結韻風起花如雪叶離别重離别叶攀折復攀折叶苦無多豆舊時枝葉叶

後段第三句叶韻，結句七字與前異。

**薦金蕉**二十八字

仇遠

梅邊當日江南信韻醉語無憑準叶斜陽丹葉一簾秋換平燕去鴻來句相憶幾時休叶平

調見《無絃琴譜》，自是創製，平仄互叶體。以下三首，各譜皆未載。

**醉花陰令**四十五字

愁雲歇雨句淨洗一奩秋霽韻枝上鵲豆欲棲還起叶曲闌人獨倚叶　持杯酌月句月未醉豆愁人先醉叶忘醉倚豆木犀花睡叶滿身花影碎叶

亦見本集，以詞意立名，與《醉花陰》無涉。

**陽臺怨**四十六字

月明如白日韻遮逕花陰密密叶未見黃雲襯襪來句空伴花陰立叶　疑是碧瑶臺句不放綵鸞飛出叶隱隱隔花清漏急叶一巾紅露濕叶

亦見本集，與《陽臺夢》無涉。

**玲瓏玉**九十八字

半閒堂賦春雪　姚雲文

開歲春遲句早贏得豆一白瀟瀟韻風窗淅簌句夢驚錦帳春嬌叶是處貂裘遮暖句任尊前回舞句紅倦柔腰叶今朝叶虧陶家豆茶鼎寂寥叶　料得東皇戲劇句怕蛾兒街柳句先鬧元宵叶宇宙低迷句倩誰分豆淺凸深凹叶休嗟空花無據句便真個豆瓊雕玉琢句總是虚飄叶且沉醉句趁樓頭豆零片未銷叶

《九宫大成》入南詞黄鐘宫正曲。

此自度曲，見元《草堂詩餘》。平仄不可改易，兩結平仄去平，尤爲吃緊。「錦」字，《詞譜》作「鴛」。《草堂》於「虚飄」下疊二字，衍誤。「寂」作去。

**紫萸香慢**百十四字　或無慢字

九日

近重陽豆偏多風雨句絶憐此日暄明韻問秋香濃未句待攜客豆出西城叶正自羈愁多感句怕荒臺高處句更不勝情叶向樽前豆又憶漉酒插花人叶只座上豆已無老兵叶　淒清叶淺醉還醒叶愁不肯豆與詩平叶記長楸走馬句雕弓醾柳句前事休評叶紫萸一枝傳賜句夢誰到豆漢家陵叶盡烏紗豆便隨風去句要天知道句華髮如此星星叶歌罷涕零叶

此亦自度曲，見元《草堂詩餘》，取詞中句爲名也。無他作者，平仄當悉依之。兩結必用仄平住，《圖譜》注改，謬。

**玉女迎春慢**九十五字

柳　　彭元遜

纔入新年句逢人日豆拂拂淡烟無雨韻葉底嬌禽自語句小啄幽香還吐叶東風辛苦叶便怕有豆踏青人誤叶清明寒食句消得渡江句黃翠千縷叶　看臨小帖宜春句填輕暈濕句碧花生霧叶爲説釵頭裊裊句繫着輕盈不住叶問郎留否叶似昨夜豆教成鸚鵡叶走馬章臺句憶得畫眉歸去叶

《九宮大成》入南詞高大石調正曲，許《譜》同。

調見元《草堂詩餘》，無他作者。詞詠本意，自是創作。「語」字偶合，非叶。「填輕暈濕」四字，《詞律》謂「輕」字下落一字，然各本皆不缺。「嬌」字一作「妖」，誤。

## 子夜歌 百十七字

和尚友

視春衫豆篋中半在句浥浥酒痕花露韻恨桃李隨風過盡句夢裡故人如霧叶臨潁美人句秦川公子句晚共何人語叶對誰家豆花草池臺句回首故園咫尺句未成歸去叶　昨夜聽豆危弦急管句酒醒不知何處叶漂泊情多句衰遲感易句無限堪憐許叶似樽前眼底句紅顏消幾寒暑叶年少風流句未諳春事句追與東風賦叶待他年豆君老巴山句共君聽雨叶

唐樂府清商曲，有《四時子夜歌》。吳兢《樂府古題要解》云：舊史云：晉有女子曰子夜，所作歌聲至哀，後人依四時行樂之詞，謂之《子夜四時歌》，吳聲也。《樂府標源》云：晉有女子名子夜，歌聲甚哀，蓋懷所私而作也。晉孝武太元中，琅玡王軻家，有鬼歌子夜，又庾僧虔家亦有鬼歌，則子夜爲太元以前人也。其音同於《白紵》，皆清商調，故梁武本《白紵》而爲《子夜吳聲四時歌》。明此子夜亦有晉聲，其實不離清商。餘詳《白紵》下。此與《菩薩蠻》之別名不同，宋無此調。題爲《和尚友》，是劉將孫自度曲也。惜劉詞未見，平仄宜從。「花草」二字，《詞律》作「花柳」。「過」字一作「歡」，「晚」字作「卻」，「夜」字作「宵」。

**菩薩蠻慢**百零八字　羅志仁

曉鶯催起韻問當年秀色句爲誰料理韻悵別後豆屏掩吳山句便樓燕月寒句鬢蟬雲委韻錦字無憑句付銀燭豆盡燒千紙韻對寒泓淨碧句又把去鴻句往恨多洗韻　桃花自貪結子韻道東風有意句吹送流水韻漫記得當年句心嫁卿卿句是日暮天寒句翠袖堪倚韻扇月乘鸞句儘夢隔豆嬋娟千里韻倒嗔人豆從今不信句畫檐鵲喜韻

一名《菩薩蠻引》，與《菩薩蠻令》詞不同。

此調與《解連環》調同，所異者惟後段第四句多二字。

**醉高歌**五十字　姚燧

十年燕月歌聲韻幾點吳霜鬢影換仄叶西風吹起鱸魚興仄叶已在桑榆暮景仄叶　榮枯枕上三更平叶傀儡場中四并平叶人生幻化如泡影仄叶幾個臨危自省仄叶

《太平樂府》注中吕宮。

《詞譜》云：姚燧自度曲，此元人《葉兒樂府》也。《詞律》不收。《詞品》云：姚牧庵，一代文章鉅公，此詞高古，不減東坡、稼軒。

此調與《西江月》句法悉同，惟叶韻互異，變化源流，有自來矣。「影」字重叶，「更」字，葉《譜》作「生」。

**南鄉一剪梅**五十四字

招熊少府　　虞集

南阜小亭臺韻薄有山花取次開叶寄語多情熊少府句晴也須來叶雨也須來叶　隨意且銜杯叶莫惜春衣坐綠苔叶若待明朝風雨過句人在天涯叶春在天涯叶

每段上二句《南鄉子》體，下二句《一翦梅》體，合兩曲爲調名，與《江月晃重山》同例，《詞律》不收。

**芭蕉雨**九十五字

角聲高韻吹夢斷句月痕尚掛林梢叶葉萬千花似掃句綠避紅逃叶讓與寒梅獨殿句還狀元宰相當消叶恁了卻殘年句教人愧殺離騷叶　富貴等鴻毛叶紛紛傷春句穠李夭桃叶自是冰魂欲醉句漫倩并刀叶只道乾坤清氣句怎知他豆雪虐風饕叶睡起望豆北斗闌干句人間翠羽嘈嘈叶

與程垓之《芭蕉雨》不同，當另列。明晏璧亦有此調，體格不同。

**西湖月**百四字

探梅　　黄子行

初弦月掛林梢句又一番西園句探梅消息韻粉牆朱户句苔枝露蕊句淡匀輕飾叶玉兒應有恨句爲悵望東昏相記憶叶便解珮豆飛入雲階句長伴此花傾國叶　還嗟瘦損幽人句記立馬攀條句倚闌横笛叶少年風味句拈花弄蕊句愛香憐色叶揚州何遜在句試點染吟箋留醉墨叶漫贏得豆疏影寒窗句夜深孤寂叶

調見元《草堂詩餘》，原注自度商調，乃南曲也。《九宫大成》入南詞商調正曲。「露」、「淡」、「記」、「弄」、「愛」、「醉」六字，必去聲，勿誤。「還嗟」句，一作「詩腰瘦損劉郎」。「玉」作平。「飛」、「還」、「闌」、「疏」可仄。

**又一體**百三字

湖光冷浸玻璃句蕩一晌薰風句小舟如葉韻藕花十丈句雲梳霧洗句翠嬌紅怯叶壺觴圍坐處句正酒醁吹波潮暈頰叶尚記得豆玉臂生涼句不放汗香輕浹叶　殢人小摘牆榴句爲碎掐猩紅句細認裙褶叶舊游如夢句新愁似織叶淚珠盈睫叶秋娘風味在句怎得對豆銀缸生笑靨叶消瘦沈約詩

腰句彷彿堪捻叶

黃作共二首，「消瘦」句六字，比前作少一字，《詞律》謂落一字，然無他作可證。與其失之太簡，遺而未備，不若失之太冗，信而有徵也。至所論四字句法，已詳前《水龍吟》下。此調宜入聲韻。「潮暈」二字，《草堂》作「紅映」。「十」、「不」、「佛」作平。

**鸚鵡曲**五十四字　一名學士吟　黑漆弩　　　白賁

儂家鸚鵡洲邊住韻是個不識字漁父叶浪花中豆一葉扁舟句睡殺江南烟雨叶　覺來時豆滿目青山句抖擻綠簑歸去叶算從前豆錯怨天公句甚也有豆安排我處叶

《太平樂府》注正宮，《九宮大成》入北詞高宮隻曲。因首句名調，一名《黑漆弩》，薩都刺詞名《學士吟》。《詞律》未載。

**又一體**五十四字

和白無咎韻　　　馮子振

巍峨峰頂移家住韻旦暮見豆上下樵父叶爛柯時豆樹老無花叶葉葉枝枝風雨叶　故人曾喚我歸來句卻道不如休去叶指門前豆萬疊青山句是不費豆青蚨買處叶

馮又二首，題作《錢唐初夏》，或以爲另名《黑漆弩》分二體。然三首皆和韻，平仄只换一字，並無異同，其爲一調無疑。

## 百字折桂令百字　一名百字知秋令

敝裘塵土壓征鞍句鞭絲倦裊蘆花韻弓劍蕭蕭句一徑入烟霞叶動羈懷豆西風木葉句秋水蒹葭叶千點萬點句老樹昏鴉叶三行兩行句寫長空豆啞啞雁落平沙叶　曲岸西邊近水灣句漁網綸竿釣槎叶斷橋東壁傍溪山句竹籬茅舍人家叶滿山滿谷句紅葉黄花叶正是凄凉時候句離人又在天涯叶

《九宫大成》入北詞商角隻曲。

此與《天香引》别名《折桂令》不同，《詞律》不收。

## 穆護砂百六十九字

燭淚　　宋　聚

底事蘭心苦韻便凄然豆泣下如雨叶倚金臺獨立句揾香無主叶斷腸封家如妬叶亂撲簌豆驪珠愁有許叶向午夜豆銅盤傾注叶便不是豆紅冰綴頰句也濕透豆仙人烟樹叶羅綺筵中句海棠花下句淫

淫常怕風枝枯换平叶比洛陽年少句江州司馬句多少定誰似借平仄　照破別離心緒仄叶學人生豆有情酸楚仄叶想洞房佳會句而今寥落句誰能暗收玉筯仄叶算只有豆金釵曾巧補仄叶輕拭了豆粉痕如故仄叶愁思減豆舞腰纖細句清血盡豆媚臉膚腴平叶又恐嬌羞句絳紗籠卻句緑窗伴我檢詩書平叶更休教豆鄰壁偷窺句幽蘭啼曉露仄叶

唐教坊曲名有《穆護子》。《歷代歌辭》云：《穆護砂》曲犯角，唐張祜有五言絶詩。《容齋四筆》云：郭茂倩編次樂府詩，有《穆護歌》一首。黄魯直題此歌云：予嘗問人，皆莫曉穆護之義，他日船宿雲安野次祭神，坐客起舞而歌木瓠，叩其義曰：曲木狀如瓠，擊之爲歌舞之節。大悟「穆護」，蓋「木瓠」也。戈載云，即《木斛砂》。

此調他無作者，只此一首，平仄互叶體，「似」字是借叶，平仄悉宜從之。《詞律》所注，不知何據。「如姤」，葉《譜》作「相姤」，「頰」字作「額」，「枝」字作「脂」，「膚」字作「敷」。

## **陌上花**九十九字

使歸閩浙歲暮有懷　　張翥

關山夢裡重來句還又歲華催晚韻馬影鷄聲句諳盡倦郵荒館叶緑箋密記多情事句一看一回腸斷叶待殷勤寄與句舊游鶯燕叶水流雲散叶　滿羅衫是酒句香痕凝處句唾碧啼紅相半叶只恐梅花句瘦倚夜寒誰暖叶不成便没相逢日句重整釵鸞箏雁叶但何郎句縱有春風詞筆句病懷渾懶叶

蘇軾《東坡詞語》云：錢塘人好唱《陌上花緩緩曲》，蓋吴越王遺事也。《古今詞話》云：吴越王妃每步歸臨安，王以書遺之云：「陌上花開，可緩緩歸矣。」吳人用其語爲《緩緩歌》，後蘇東坡爲易其詞歌之。「陌上山花無數開，路人爭看翠輧來」，蓋古《清平調也》。

此調無他作可證，《圖譜》於起句六字分句，《詞律》於「又」字句，宜從《圖譜》。前結《圖譜》於「游」字句，後起於「香」字句，皆誤，宜從《詞律》。結句《詞律》於「有」字句，誤，當於「郎」字句。「水流雲散」句，與上句不貫，或是換頭語。

## 茅山逢故人 四十八字　一名山外雲

句曲道中送友　　張雨

山下寒林平楚韻山外雲帆烟渚叶不飲如何句吾生如夢句鬢毛如許叶　能消幾度相逢句遮莫而今歸去叶壯士黃金句仙人黃鶴句美人黃土叶

《九宮大成》入南詞南吕宫正曲。

調見元人《葉兒樂府》，張雨自製曲，因次句又名《山外雲》。

「仙」字，《貞居詞》作「昔」，今據《詞譜》本。

## 喜春來二十九字　一名陽春曲

泰定三年丙寅歲除夜玉山舟中賦

江南的的依茅舍句石瀨濺濺漱玉沙韻瓦甌蓬底送年華叶問暮鴉叶何處阿戎家叶

《太平樂府》注中吕宫，《太和正音譜》注正宫。又名《陽春曲》，與史達祖《陽春曲》不同，《九宫大成》入北詞中吕調隻曲。

### 又一體二十九字

周德清

閒花醞釀蜂兒蜜韻細雨調和燕子泥換平綠窗蝶夢覺來遲平叶誰喚起仄叶簾外曉鶯啼平叶

此平仄互叶體，每句一韻，與張作不同。

### 又一體三十字

司馬九皋

歲雲暮矣雖無補韻時復中之儘有餘換平老來吾亦愛吾廬叶平清債苦叶仄樽有酒句且消除叶平

後結作兩三字句，多一字與前異。

又一體三十一字　無名氏

海棠過雨紅初淡韻楊柳無風睡正寒換平杏燒紅句桃剪錦句草拖藍叶平三月三叶平和氣盛東南叶平

亦平仄互叶體，中間連作四三字句，較張作多二字，與諸作句法皆不同。

梧葉兒三十三字

贈龜溪醫隱唐茂之

參苓籠句山水間韻好處在西園叶放取詩瓢去句攜將酒榼還叶□□倩歌鬟叶休舉似豆江南小山叶

《太平樂府》注商調，《九宮大成》入南詞商調正曲，又入北詞商角隻曲，一名《知秋令》。

又一體三十三字

移家去句市隱間韻幽事頗相關叶劉商觀弈罷句韓康賣藥還叶點撿緑雲鬟叶數不盡豆龜溪好山叶

第四句平仄與前異。「市」可平。「幽」、「劉」可仄。

又一體二十七字　張可久

鴛鴦浦句鸚鵡洲韻竹葉小漁舟叶烟中樹句山外樓叶水邊鷗叶扇面兒豆瀟湘暮秋叶

第四、五、六句皆作三字，少六字，與前異。

又一體三十二字　張可久

花垂露句柳散烟韻蘇小酒樓前叶舞隊飛瓊佩句游人碾玉鞭叶詩句縷金箋叶懶上蘇堤畫船叶

第四、五、六句與張雨作同，只結句少一字差異。

又一體三十七字　張可久

乘興詩人棹句新烹學士茶韻風味屬誰家叶瓦甃懸冰筋句天風起玉沙叶海樹放銀花叶愁壓擁豆藍關去馬換仄叶

起句、次句皆作五字，末句用仄叶，平仄互叶體也，與各家異。

**又一體**二十六字　吴西逸

韶華過句春色休韻紅瘦緑陰稠叶花凝恨句柳帶愁叶泛蘭舟叶明日尋芳載酒換仄叶

亦平仄互叶體，與張作不同。

**望梅花**八十二字

壽師道真人

何處仙家方丈韻渾連水豆隔他塵坱叶放鶴天寬句看雲窗小句萬幅丹青圖幛叶憑高望叶笑掣金鰲句人道是豆蓬萊頂上叶　時問葛陂龍杖叶更準備豆雲中鶴氅叶修月吴剛句收書東老句消得百壺春釀叶無盡藏叶莫傲清閒句怕詔起豆山中宰相叶

此與和凝、蒲宗孟《望梅花》皆不同，是變格，故分列。

**憑闌人**二十五字

贈吳國良　倪瓚

客有吳郎吹洞簫韻明月沉江春霧曉換仄叶湘靈不可招平叶水雲中豆環珮揺平叶

《太平樂府》注越調，《九宫大成》入南詞越調引，《唐書》越調即黄鐘之商聲也。

**又一體**二十四字

題曹雲西贈伎小畫　邵亨貞

誰寫江南一段秋韻妝點錢唐蘇小樓叶樓中多少愁叶楚山無盡頭叶

通首平韻，不换仄叶。結句五字，比前作少一字。

**殿前歡**四十三字

揾啼紅韻杏花消息雨聲中叶十年一覺揚州夢換仄叶春水如空平叶　雁波寒句寫去踪平叶離愁重仄叶南浦行雲送仄叶冰絃玉柱句彈怨東風平叶

《太平樂府》注雙調，一名《鳳將雛》。《九宮大成》入北詞雙角隻曲，一名《小婦孩兒》。

**又一體**四十四字

楊廉夫席上有贈　張　雨

小吴娃韻玉盤仙掌載流霞叶後堂絳帳重簾下换仄叶誰理琵琶平叶　香山處士家平叶玉局仙人畫仄叶一刻春無價仄老夫醉也句烏帽瓊華叶

後起兩五字句，與倪作異。「老夫」二字，一作「先生」。

**又一體**四十二字

張可久

水晶宫韻四圍添上玉屏風叶姮娥碎剪銀河凍换仄叶攙盡春紅平叶　梅花紙帳中平叶香浮動仄叶一片梨雲夢仄叶曉來詩句句畫出漁翁平叶

只後段第二句少二字，餘同張作。

## 又一體 四十四字

張可久

嘆詩癯韻十年香夢老江湖叶笙歌又是錢塘路换仄叶往事如何平叶　青鸞寫恨書平叶紅錦題情疏仄叶翠館酬春句仄叶桃花結子句乳燕將雛平叶

## 水仙子 四十四字　一名湘妃怨　凌波仙　馮夷曲

東風花外小紅樓韻南浦山横翠黛愁叶春寒不管花枝瘦换仄叶無情水自流平叶　檐間燕語嬌柔平叶驚回幽夢句難尋舊游平叶落日簾鈎平叶

唐教坊曲名，《太平樂府》注雙調，《九宫大成》名《凌波仙子》，入南詞越調引。又名《河西水仙子》，入北詞雙角隻曲，即前半闋，故加「河西」二字别之，與雙角黄鐘調不同。一名《湘妃怨》，一名《凌波仙》、《馮夷曲》。餘詳《逸調備考》。

## 慶宣和 二十二字

張可久

雲影天光乍有無韻老樹扶疏叶萬柄高荷小西湖叶聽雨換仄叶聽雨疊叶

調見《小山樂府》自注雙調。《唐書・禮樂志》云：雙調乃夾鐘之商聲也。《九宮大成》入北詞雙角隻曲。

《詞譜》云：此元人小令，亦名《葉兒樂府》，即元曲所自始，亦平仄互叶體。

## 壽陽曲 二十七字

東風景句西子湖韻濕冥冥豆柳烟花霧換仄叶黃鶯亂啼蝴蝶舞仄叶幾鞦韆豆打將春去仄叶

《太平樂府》注雙調，一名《落梅風》，《九宮大成》入南詞小石調引，與張先之《落梅風》不同，並非一調。

## 金字經 三十一字 一名閱金經

水泠溪魚貴韻酒香霜蟹肥換平叶環綠亭深掩翠微平叶梅平叶落花浮玉杯平叶山翁醉仄叶笑隨明月歸平叶

《太平樂府》注南吕宮。《元史・樂志》云：說法舞隊有《金字經》曲，一名《閱金經》。《九宮大成》入北詞南吕調隻曲。一作《金字經》，入南詞南吕宫正曲，又入北詞黄鐘調隻曲。劉禹錫《陋室銘》云：「可以調素琴，閲金經」，調名取此。舊譜以「醉」字爲仄叶，則「貴」字亦當是仄叶起韻。

## 綠山月 六十四字

梁　寅

急雨響巖阿韻陰雲暗薜蘿叶山中春去更寒多叶縱柴門不閉句花滿徑句蒼苔潤句少人過叶蘭舟曾記蘭汀宿句牽恨是烟波叶而今林下和樵歌叶看風風雨雨句從造物句時時變句總心和叶

《九宫大成》入南詞正宫引，蔣氏《九宫譜目》同。

考梁寅，新喻人，著有《周易參義》等書。《樂府雅詞》有梁寅《侍香金童》一首。《雅詞》成於紹興初，當别是一人。

此調與《獻衷心》彷彿，《詞律》不收。

「時時」二字，《詞譜》作「隨時」。

## 燕歸慢 百字

花逕蕭條韻恰桃霞已盡句梨雪初飄叶雲霾嗔麗景句風雨妬佳朝叶山中行樂本寥寥叶那更值豆年荒酒價高叶諸生共高詠句只閒靜句勝嬉游叶　千峰暝句故人遠句濘妨馬句水平橋叶象筵寶瑟何由見句與誰共豆羽觴浮叶蘭亭遺迹長蓬蒿叶怎能勾豆山陰棹小舟叶對景度新曲句獨堪向句

故人求叶

《詞律》及各譜皆未載。以蕭、尤通叶，《通韻譜》説蕭、肴、豪、尤爲一部，以其收聲於烏字也，究不必從，説詳《發凡》。

## 天淨沙二十八字　一名塞上秋

馬致遠

平沙細草斑斑韻曲溪流水潺潺叶塞上清秋早寒叶一聲新雁換仄叶黄雲紅葉青山平叶

《太平樂府》注越調曲，《九宫大成》入北詞越角隻曲。因第三句，故名《塞上秋》。喬吉一首與此同。《老學叢談》云：北方士友傳沙漠小詞三闋，頗能狀其景云云。

## 又一體二十八字

枯籐老樹昏鴉韻小橋流水平沙叶古道淒風瘦馬換仄叶夕陽西下仄叶斷腸人在天涯平叶

第三句用仄叶，與前異。「枯」字，《老學叢談》作「瘦」、「小橋」二字作「遠山」，「平沙」二字作「人家」，「溪」字作「西」，「夕」字作「斜」，「在」字作「去」。

## 暗香疏影百五字

張肯

冰肌瑩潔韻更暗香零亂句淡籠晴雪叶清瘦輕盈句悄悄嫩寒猶自怯叶一枕羅浮夢醒句閒縱步豆風摇瓊玦叶向記得豆此際相逢句臨水半痕月叶　妖艷不同桃李句凌寒又不與句衆芳同歇叶古驛人遥句東閣吟殘句忍與何郎輕別叶粉痕輕點宫妝巧句怕葉底豆青圓時節叶問何人豆黄鶴樓頭句玉笛莫教吹徹叶

自注夾鐘宫，《九宫大成》入南詞黄鐘宫正曲。

此自度曲，見《花草粹編》。以《暗香》前段、《疏影》後段合爲一曲。《詞譜》云：姜夔《暗香》《疏影》二曲，入仙吕宫，此詞入夾鐘宫，雖同屬宫聲，而高下清濁畢竟不同。

愚按：張肯字繼孟，號夢庵，吴人。隱居不仕。有題《燕文貴楚江秋曉》卷，見《鐵網珊瑚》，是元人無疑。《續書畫題跋》又有張渼雲鉤勒竹卷，自署浚儀張肯，或由浚儀而遷家於吴歟？各譜或列宋人，或列元明，皆未詳爵里。今姑附元末。《詞律》未收。

## 解紅慢百六十字

無名氏見《鳴鶴餘音》

杖藜徐步韻過小橋豆逍遥游南浦叶韶華暗改句俄然又豆翠密紅疏換平叶東郊雨霽句何處綿蠻黄鸝語仄叶見雲山掩映句烟溪外句斜陽暮仄叶晚涼趁句竹風清句荷香度仄叶這閒裡光陰向誰訴仄叶

塵寰百歲能幾許仄叶似浮漚出没句迷者難悟仄叶　歸去來句恐田園荒蕪平叶東籬畔句坦蕩笑傲琴書平叶青松影裡茅檐下句保養殘軀平叶一任世間句物態翻騰催今古仄叶争如我豆懶散生涯貧與素仄叶醒時歌句困時眠句狂時舞仄叶把萬事紛紛總不顧仄叶從他人笑真愚魯仄叶伴清風皓月句幽隱蓬壺平叶

《九宫大成》名《解紅序》，入南詞黄鐘宫正曲。

調見《鳴鶴餘音》，當是元人作。因和凝《解紅》一曲，後人衍爲此調，其實不同，故另録。《詞譜》云：此元詞也，用本部三聲叶，與《中原音韻》北曲不同。《詞名集解》作《解紅兒慢》。《詞律》未收。

## 慶靈椿六十一字

黄（缺名）

瑞溪庭句滿園秋色好句簾幕低垂韻一牀簪笏人間盛句沉檀影裡句笙歌沸處句齊拂瑶卮叶　習禮復明詩叶胡氏清畏人知叶壽堂已慶靈椿老句年年歲歲句重添嫩葉句頻長繁枝叶

調見《翰墨全書》，以詞句爲名，不著人名，但書黄右曹，應是元人。《詞律》及各譜皆未載。或以爲《攤破南鄉子》，前段起句不同，後段次句少一字，未便歸併，今分列。

## 水晶簾九十八字

□東軒

誰道秋期遠韻計句浹雙星相見叶雨足西簾句正玉井蓮開句几筵初展叶麈尾呼風祛暑淨句那更

著豆綸巾羽扇叶殢清歌句不計杯行句任深任淺叶　湖邊小池院叶漸苔痕草色句青青如染叶辨橘中荷屋句晚芳自佔叶蝸角虛名身外事句付骰子紛紛戲選叶喜時平句公道開明句話頭正轉叶

調見《翰墨全書》，僅注東軒二字，不詳名號，自是元人作。與《江城子》別名《水晶簾》無涉。《詞律》不收。

## 甘露滴喬松 九十七字

無名氏 見《翰墨全書》

沙堤路近句喜五年相遇句朱顏依舊韻盡道名世半千句公望三九叶是今日豆富民侯換平叶早生聚豆考堂户口仄叶誰歟兼致句文章燕許句歌辭韓柳仄叶　更饒萬卷圖書句把藤笈芸編句遍題青鏤仄叶一經傳得句舊事韋平先後仄叶試哀哀豆數英游平叶問好事豆如今能否仄叶麯車正滿句自酌太平春酒仄叶

調見《翰墨全書》，不著名氏，自是元作。《詞律》未收。

「侯」字、「游」字，舊説換平叶仄。「韓」字，葉《譜》作「蘇」，「平」字作「和」。

# 逸調備考

伏讀《欽定詞譜》所載，凡八百二十六調，較《詞律》已增一百六十六調。今搜採群書，又增二百零三調。而《教坊記》、《羯鼓録》、《宋史・樂志》諸書中，調名尚有數百。原詞惜皆不傳，無由甄録。可見古來遺佚之詞未可闔數，特備列調名以俟博考，而後人倚舊名爲新聲者不與焉。

迎君樂　斛林嘆　秦王賞金歌　廣陵散　行路難　晉城仙　絲竹賞金歌

唐朱慶餘《冥音録》：廬江尉李侃外婦崔氏生二女，性酷嗜音。有女弟茝奴，善鼓箏，爲古今絶妙，年十七未嫁而卒。二女幼傳其藝，終莫究其妙，每心念其姨。開成五年四月三日，因夜夢寐驚起，謂母曰：向者夢姨執手泣曰：我自辭人世，在陰司簿屬教坊，授曲於博士李元憑，汝之情懇我乃知也。翌日灑埽一室，仿佛如有所見，因執箏就坐，閉目彈之，隨指有得，一日獲十曲。曲之名品，殆非生人之意，聲調哀怨，聞之者莫不欷歔。曲有《迎君樂》正商調二十八疊《斛林嘆》分絲調四十四疊、《秦王賞金歌》、小石調二十八疊、《廣陵散》正調商二十八疊、《行路難》正商調二十八疊、《上江虹》正商調二十八疊、《晉城仙》

小石調二十八疊、《絲竹賞金歌》小石調二十八疊、《紅窗影》雙柱調四十疊。十曲畢，慘然謂女曰：此皆宫闈新翻曲，帝尤所愛重。《斛林嘆》、《紅窗影》等，每宴飲即飛球舞盞爲佐酒長夜之歡。穆宗敕修文舍人元稹撰其詞數十首，甚美。宴酣，令宫人遞歌之，帝親執玉如意擊節而和之。帝秘其調極切，恐爲諸國所得，故不敢泄。歲攝提地府當有大變，得以流傳人世。會以吾之十曲獻陽地天子，不可使無聞於明代。於是縣白州，州白府。刺史崔璹親召而試之，則絲桐之音搶摐可聽，其差琴調不類秦聲。乃以衆樂合之，由宫商調殊不同矣。毋令小女求傳十曲，亦備得之。廉察使故相李德裕議表其事，小女尋卒。（節録）

愚按：《上江虹》見卷五，《紅窗影》見卷十五。

**教坊記**唐崔令欽撰

曲名

獻天花　和風柳　美唐風　透碧空　巫山女　度春江　衆仙樂　大定樂　龍飛樂　慶雲樂　繞殿樂　泛舟樂　抛球樂　清平樂　放鷹樂　夜半樂　破陣樂　還京樂　天下樂　同心樂　賀聖朝　奉聖樂　千秋樂　泛龍舟　泛玉池　春光好　迎春花　鳳樓春　負陽春　章臺春　繞池春　滿園春　長命女　武媚娘　杜韋娘　柳青娘　楊柳枝　柳含烟

贊楊柳 倒垂柳 浣溪沙 浪淘沙 撒金沙 紗窗恨 金蓑嶺 隔
簾聽 恨無媒 望梅花 望江南 好郎君 想夫憐 别趙十 憶趙十
念家山 紅羅襖 烏夜啼 牆頭花 摘得新 北門西 煮羊頭 河瀆
神 二郎神 醉鄉游 醉花間 燈下見 醉思鄉 泰邊郵 太白星
剪春羅 會佳賓 當庭月 思帝鄉 歸國遥 感皇恩 戀皇恩 皇帝感
戀情深 憶漢月 憶先皇 聖無憂 定風波 木蘭花 更漏長 菩
薩蠻 破南蠻 八拍蠻 芳草洞 守陵宫 臨江仙 虞美人 映山紅
獻忠心 卧沙堆 怨黄沙 遐方怨 怨胡天 送征衣 送行人 望梅
愁 阮郎迷 牧羊怨 掃市舞 鳳歸雲 羅裙帶 同心結 一捻鹽
阿也黄 劫家難 緑頭鴨 下水船 留客住 離别難 喜長新 羌心怨
女王國 繚踏歌 天外聞 賀皇化 五雲仙 滿堂花 南天竺 定
西番 荷葉杯 感庭秋 月遮樓 感恩多 長相思 西江月 拜新月
上行杯 團亂旋 喜春鶯 大獻壽 鵲踏枝 萬年歡 曲玉管 傾杯
樂 謁金門 巫山一段雲 望月波羅門 後庭花 西河獅子 西河劍氣
怨陵三臺 儒士謁金門 武士朝金闕 摻工不下 麥秀兩岐 金雀兒
漉水吟 玉搔頭 鸚鵡杯 路逢花 初漏滿 相見歡 蘇幕遮 游春怨
黄鐘樂 訴衷情 折紅蓮 征步郎 洞仙歌 太平樂 長慶樂 喜

回鑾　漁父引　喜秋天　大郎神　胡渭州　夢江南　濮陽女　静戎烟
三臺上韻　中韻　下韻　普恩光　戀情歡　楊下採桑　大酺樂　合羅
縫　蘇合香　山鷓鴣　七星管　醉公子　朝天　木笪　看月宫　宫人
怨　嘆疆場　拂霓裳　駐征游　泛濤溪　胡相問　廣陵散　帝歸京
喜還京　游春夢　柘枝引　留諸錯　如意娘　黄羊兒　蘭陵王　小秦王
花黄發　大明樂　望遠行　思友人　唐四姐　放鶻樂　鎮西樂　金
殿樂　南歌子　八拍子　魚歌子　七夕子　十拍子　措大子　風流子
吴吟子　生查子　胡醉子　山花子　水仙子　緑鈿子　金錢子　竹枝
子　天仙子　赤棗子　千秋子　心事子　蝴蝶子　沙磧子　酒泉子
迷神子　得蓬子　剉碓子　麻婆子　紅娘子　甘州子　歷刺子　鎮西子
北庭子　採蓮子　破陣子　劍器子　獅子　女冠子　仙鶴子　穆護
子　贊普子　蕃將子　回戈子　帶竿子　摸魚子　南鄉子　大吕子
南浦子　撥棹子　河滿子　曹大子　引角子　隊踏子　水沽子　化生子
金娥子　拾麥子　多利子　毗沙子　上元子　西溪子　劍閣子　嵇
琴子　莫壁子　胡攢子　唧唧子　玩花子　西國朝天

大曲名

踏金蓮　綠腰　涼州　薄媚　賀聖樂　伊州　甘州　泛龍舟　採桑　千秋樂　霓裳　玉樹後庭花　伴侣　雨霖鈴　柘枝　胡僧破　平翻　相馳逼　吕太后　突厥三臺　大寶　一斗鹽　羊頭神　大姊　舞大姊　急月記　斷弓弦　碧霄吟　穿心蠻　羅步底　回波樂　千秋樂　龜兹樂　醉渾脫　映山鷄　昊破　四會子　安公子　舞春風　迎春風　看江波　寒雁子　又中春　玩中秋　迎仙客　同心結

大面：出北齊。蘭陵王長恭，性膽勇而貌若婦人，自嫌不足以威敵，乃刻木爲假面，臨陣著之。因爲此戲，亦入歌曲。

踏謡娘：北齊有人姓蘇，鮑鼻，實不仕，而自號爲郎中。嗜飲酗酒，每醉輒毆其妻。妻銜悲訴於鄰里。時人弄之。丈夫著婦人衣，徐步入場，行歌。每一疊，旁人齊聲和之云：踏謡和來，踏謡娘苦和來。以其且步且歌，故謂之踏謡；以其稱冤，故言苦。及其夫至，則作鬥毆之狀，以爲笑樂。今則婦人爲之，遂不呼郎中，但云阿叔子。調弄又加典庫，全失舊旨。或呼爲談容娘，又非。

**樂府雜録**唐段安節撰

黃驄疊急曲子一名促板令　又名促拍令

太宗定中原時所乘戰馬也。後征遼，馬斃，上嘆惜，乃命樂工撰此曲。《九宫大成》入北詞黃鐘調隻曲

康老子

康老子即長安富家子，落魄不事生計，常與國樂游處。一旦家産蕩盡，偶一老嫗，持舊錦褥貨鬻，乃以半千獲之。尋有波斯見，大驚，謂康曰：「何處得此，是冰蠶絲所織，若暑月陳於座，可致一室清涼」。即酬千萬。康得之，還與國樂追歡，不經年復盡，尋卒。後樂人嗟惜之，遂製此曲。亦名「得至寶」。

文叙子

長慶中，俗講僧文叙善吟經，其聲宛暢，感動里人。樂工黃米飯狀其念四聲「觀世音菩薩」，乃撰此曲。

道調子

懿皇命樂工敬納吹觱篥，初弄道調，上謂是曲誤拍之，敬納乃隨拍撰成曲子。《詞名集解》云：唐高宗自以爲老子之後，於是命樂工製道調。

傀儡子

自昔傳云：「起於漢祖，在平城，爲冒頓所圍，其城一面即冒頓妻閼氏，兵強於三面。壘中絶食。陳平訪知閼氏妬忌，即造木偶人，運機關，舞於陴間。閼氏望見，謂是生人，慮下其城，冒頓必納妓女，遂退軍。史家但云陳平以秘計免，蓋鄙其策下耳。後樂家翻爲戲。其引歌舞有郭郎者，髮正禿，善優笑，閭里呼爲郭郎，凡戲場必在俳兒之首。

**羯鼓録**唐南卓撰

太簇宫

色俱騰　耀日光　乞婆婆　大勿　大通　舞山香　羅犁羅　蘇莫賴

耶　俱倫僕　阿個盤陀　蘇合香　藏鈎樂　春光好　無首羅　怵嬪鹽

疏勒女　要殺鹽　通天樂　萬載樂　景雲　紫雲　承天樂　順天樂

太簇商

蘇羅　㮈利梵　大借席　耶婆色鷄　堂堂　半杜梁　君王盛神武赫赫君之明　大鉢樂背　大沙野婆　破陣樂　黃駿蹄　放鷹樂　英雄樂　思歸

憶新院　西樓送落月　㩧霜風　九成樂　傾杯樂　百歲老壽　還成樂

打球樂　飲酒樂　舞厥麼賦　太平樂　大酺樂　大寶樂　聖明樂　婆羅門　[illegible]加那　萬歲樂　秋風高　回婆樂　夜半擊羌兵　香山　優婆師

匝天樂　禪曲　渡磧破虜迴　五更囀　黃鶯囀　大定樂　越殿　須婆　鉢羅背　大秋　秋鹽　栗時　突厥鹽　踏蹄長

太簇角

火蘇賴耶　大春楊柳　大東祇羅　大郎賴耶　即渠沙魚　犬達麼支

俱倫毗　悉利都　移都師　阿鵰　鸂鳥歌　飛仙　涼下採桑　西河師子三臺舞

徵羽調與胡部不載

諸曲調，如太簇曲《色俱騰》、《乞婆》、《曜日光》等九十二曲名，元宗所製。其餘徵羽調曲，皆與胡部同，故不載。上洞曉音律，由之天縱，凡是絲管，必造其妙。若製作曲調，隨意即成，不立章度，取邊短長，應指散聲，皆中點拍。至於清濁變轉，律呂呼召，君臣事物，迭相製使，維古之夔、曠不能過也。尤愛羯鼓、玉笛。玉笛之說見遺事。常云：八音之領袖，不可無也。

又製《秋風高》，每至秋空迴徹，纖翳不起，即奏之，必遠風徐來，庭葉隨下。其曲絕妙入神，例皆如此。

汝南王璡，寧王長子也。姿容妍美，秀出藩邸，元宗特鍾愛焉。自傳授之，又以其聰悟敏慧，妙達音旨，每隨游幸，頃刻不舍。常戴砑絹案：《塵史》作砑綃。帽打曲，上自摘紅槿花一朵，置於帽上，笪當是簷字處，二物皆極滑，久之方安。遂奏舞《香山》一曲，而花不墜落，本色所謂定頭項難在不動搖。上大喜。

石州　破勃律

## 宋樂類編

海陽竹林人汪汲葵田氏消夏録

宋太宗製大小曲及曲破、琵琶獨彈曲破、諸宮調匯録於左：

平葺破陣樂大曲　晏鈞臺曲破　一陽生以下小曲　鎖窗寒　念邊戍　玉如意

瓊樹枝　鷫鸘裘　塞鴻飛　漏丁丁　息鼙鼓　勸流霞

右皆正宫曲名

静三邊曲破　嘉順成以下小曲　安邊塞　獵騎還　游兎園　錦步帳　博山

爐　暖寒杯　雲紛紜　待春來

右皆高宫曲名

大宋朝歡樂大曲　杏園春　獻玉杯二曲皆曲破　上林春以下小曲　春波緑　百樹

花　壽無疆　萬年春　擊珊瑚　柳垂絲　醉紅樓　折紅杏　一園花

花下醉　游春歸　千樹柳

右皆中吕宮曲名

垂衣定八方大曲　折枝花曲破　會夔龍以下小曲　泛仙杯　披風襟　孔雀扇

百尺樓　金樽滿　奏明庭　拾落花　聲聲好

右皆道宮曲名

平普普天樂大曲，平河東回製。　七盤樂曲破　仙盤露以下小曲　冰盤果　芙蓉園

林下風　風雨調　開月幌　鳳來賓　落梁塵　望陽臺　慶豐年　青騌馬

右皆南吕宮曲名

甘露降龍庭大曲　王母桃曲破　折紅蕖以下小曲　鵲渡河　紫蘭草　喜見時

倚闌殿　步瑶階　千秋樂　百和香　佩珊珊

右皆仙吕宮曲名

宇宙荷皇恩大曲，藩邸時作，皆述太祖美德。　採蓮回曲破　菊花杯以下小曲　翠幕新

四塞清　滿簾霜　畫屏風　折茱萸　望春雲　苑中鶴　賜征袍　望回戈　稻稼成　泛金英

右皆黃鐘宮曲名上七調皆宮聲

嘉禾生九穗大曲　清夜游曲破　賀元正以下小曲　待花開　采紅蓮　出谷鶯　游月宮　望回車　塞雲平　秉燭游

右皆大石調曲名

轉春鶯曲破　花下宴以下小曲　甘雨足　畫鞦韆　夾竹桃　攀露桃　燕初來　踏青回　拋綉球　潑火雨

右皆高大石調曲名

惠花樂堯風大曲　朝八蠻曲破　宴瓊林以下小曲　泛龍舟與煬帝詞名同調異　汀洲綠　麥隴雉　柳如烟　楊花飛　王澤新　玳瑁簪　玉階曉　喜清和又入仙吕調

人歡樂　征戍回　一院香　一片雲　千萬年

右皆雙調曲名

金枝玉葉春大曲　舞霓裳曲破　滿庭香以下小曲　十寶冠　玉唾盂　辟塵犀

喜新晴　慶雲飛　太平時

右皆小石調曲名

大定寰中樂大曲　九穗禾曲破　楡塞清以下小曲　聽秋風　紫玉簫　碧池魚

鶴盤旋　湛恩新　聽秋蟬　月中歸　千家月

右皆歇指調曲名

大惠帝恩寬大曲　宴朝簪曲破　採秋蘭以下小曲　紫絲囊　留征騎　塞鴻度

回鶻朝　汀洲雁　風入松《風俗通》河間雜歌二十一章內有此名，《古琴曲》亦有此名，《九宮大成》一名《遠山橫》，入南詞仙呂宮，又入北詞雙角。　蓼花紅　曳珠佩　遵諸鴻

右皆林鐘商曲名

萬國朝天樂（大曲宴享常用） 九霞觴（曲破） 翡翠帷（以下小曲） 玉照臺 香旖旎 紅樓夜 朱頂鶴 得賢臣 蘭臺燭 金鏑流

右皆越調曲名（上七調皆商聲）

君臣宴會樂（大曲） 鬱金香（曲破） 玉樹花（以下小曲） 望星斗 金錢花 玉窗深 萬民康 瑤林風 隨陽雁 倒金罍 雁來賓 看秋月

右皆般涉調曲名

會天仙（曲破） 喜秋成（以下小曲） 戲馬臺 汎秋菊 芝殿樂 㶉𪇘杯 玉芙蓉（又入琵琶曲破） 偃干戈 聽秋砧 秋雲飛

右皆高般涉調曲名

一斛夜明珠（大曲） 採明珠（曲破） 宴嘉賓（以下小曲） 會群仙（又入南度典儀賜筵樂次） 集百

祥　憑朱欄　香烟細　仙洞開　上馬杯　拂長袂　羽觴飛

右皆中吕調曲名

金觴祝壽春大曲　萬年枝曲破　萬國朝以下小曲　獻春盆　魚上冰　紅梅花
洞天春　春雪飛　翻羅袖　落梅花　夜游樂　鬥春鷄

右皆平調曲名

文興禮樂歡大曲　鳳城春曲破　春景麗以下小曲　牡丹開　展芳茵　紅桃露
囀林鶯　滿林花　鳳飛花

右皆南吕調曲名

齊天長壽樂大曲　夢鈞天曲破　喜清和以下小曲，又入雙調。　芰荷新　清世歡
玉鉤欄　金步摇又入歇指角，曲破。　金錯落　燕引雛　草芊芊　步玉砌　整
華裾　海山清　旋絮綿　風中帆　青絲騎　喜聞聲

右皆仙吕調曲名

降聖萬年春大曲，藩邸時作。　賀回鸞曲破　宴鄒枚以下小曲　雲中樹　燎金爐

澗底松　嶺頭梅　玉爐香　瑞雪飛

右皆黃鐘調曲名上七調皆羽聲

念邊功曲破　紅爐火以下小曲　翠雲裘　慶成功又入琵琶彈，曲破。　冬夜長　金鸚鵡　玉樓寒　鳳戲雛　一爐香　雲中雁

右皆大石角曲名

陽臺雲曲破　日南至以下小曲　帝道昌　文風盛　琥珀杯　雪花飛　皂貂裘　征馬嘶　射飛雁　雪飄飄

右皆高大石角曲名

宴新春曲破　鳳樓燈以下小曲　九門開　落梅香　春冰折　萬年安　催花

發　降真香　迎新春　望蓬島

右皆雙角曲名

花　龍池柳曲破　月宮春以下小曲　折仙枝　春日遲　綺筵春　登春臺　紫桃

一林紅　喜春雨　泛春池

右皆小石角曲名

叢　金步摇曲破，又入仙吕調。　玉壺冰以下小曲　捲珠箔　隨風簾　樹青葱　紫桂

五色雲　玉樓宴　蘭堂宴　千秋歲一作千秋歲引，《九宫大成》中吕宫一名千秋萬歲。

右皆歇指角曲名

清　慶雲見曲破　慶時康以下小曲　上林果　晝簾垂　水精簟　夏木繁　暑氣

風中琴　轉輕車　清風來

右皆林鐘角曲名

露如珠曲破　望明堂以下小曲　華池露　貯香囊　秋氣清　照秋池　曉風度　靖邊塵　聞新雁　吟風蟬

右皆越角曲名上七調皆角聲

慶功成鳳鸞商，又入大石角。　九曲清應鐘調　鳳來儀金石角　蕊宮春芙蓉調　連理枝蕤賓調詞律此唐調也，或沿其名。又雙調，一名小桃紅，一名紅娘子，一名灼灼花。　朝天樂正仙吕調　奉宸歡蘭陵角　賀昌時孤雁調　寰海清大石調　玉芙蓉玉仙商，又入高般涉調。　泛仙槎林鐘角

帝臺春無射宮調　宴蓬萊龍仙羽　美時清聖德商　壽星見仙吕調

右皆琵琶獨彈曲破名

宋南度典儀賜筵樂次：

長生樂引子　玉漏遲慢　真珠髻　鶯穿柳　聖壽永歌曲子　壽千春

簾外花　無疆壽　雙雙燕神曲　舞楊花　壽南山　安平樂　會群仙又見中吕調

吴音子　年年好　四時歡　金盞倒垂蓮　喜新春　慢曲破

宋天基聖節排當樂次：

萬壽永無疆引子　聖壽齊天樂慢　帝壽昌慢　昇平樂慢　萬方寧慢　永遇樂慢　柳初新慢　壽南山慢　戀春光慢　賞仙花慢　碧牡丹慢　上苑春慢　慶壽樂慢　延壽長歌曲子　萬壽無疆薄媚曲破　上林春引子　萬歲梁州曲破　捧瑶卮慢　聚仙歡　花梢月慢　福壽永康寧　慶壽新　長生寶宴樂　降聖樂　齊天樂曲破　堯階樂慢　聖壽永　出牆花慢　縷金蟬慢　托嬌鶯慢　花燈慢　慶芳春慢　延壽慢　月中仙慢　壽爐香慢　慶簫韶慢　高雙調會群仙　玉京春慢　老人星降黄龍曲破　筵前保壽樂　賀時豐　拜舞六么　玉簫聲　碎錦梁州歌頭大曲　慶千秋　壽齊天　萬壽興隆樂法曲　惜□春　纏令神曲　柳初春　綰壽星　梅花伊州　萬花新曲破　壽長春

## 宋樂雜解

梁州

正宫調大曲名，又入南吕宫。

齊天樂
正宮調大曲名。《宋史·樂志》：英勛冠帝則，萬壽永齊天。《填詞名解》一名《臺城路》。《九宮大成》：南詞正宮，北詞中呂調，皆有此名。
萬年歡
中呂宮大曲名，太宗製。沿唐教坊曲名，一名《滿朝歡》。《九宮大成》：北詞中呂調。
劍器
中呂宮大曲名，又入黃鐘隊舞之製，其二日劍器隊。
薄媚
道調宮大曲名，又入南呂宮。《填詞名解》：董穎作，詠西子事。
大聖樂
道調宮大曲名。
普天獻壽
南呂宮大曲名，太宗製。
保金枝
仙呂宮大曲名。
延壽樂

仙吕宫大曲名。

中和樂

黄鐘宫大曲名，太宗沿唐德宗舊名作新曲。

伊　州

越調大曲名，又入歇指調。《山堂肆考》：商調曲，西凉節度蓋嘉運所進也。前五疊爲歌，後五疊爲入破。沿唐舊名。

石　州

越調大曲名。

清平樂

大石調大曲名。《九宫大成》：南詞羽調，一名《憶蘿月》、一名《醉東風》。

大名樂

大石調大曲名。

降聖樂　新水調　採　蓮　大定樂

右四名皆雙調大曲。大定樂，又見唐樂，立部伎同。

胡渭州

小石調大曲名，又入越調。

嘉中樂　喜新春

右二名皆小石調大曲。

君臣相遇樂

歇指調大曲名。玉海唐韋縚製，止君臣相遇四字，無樂字。

慶雲樂

歇指調大曲名。

賀皇恩　泛清波

右二曲名皆林鐘商大曲，俗名小石調。

緑　腰

中吕調大曲名，又入南吕調，又入仙吕調。

道人歡

中吕調大曲名。

罷金鉦

南吕調大曲名，又入高平調。

彩雲歸

仙呂調大曲名。

千春樂

黄鐘羽大曲名，俗爲黄鐘調。

長壽仙

般涉調大曲名。《九宫大成》：南詞大石調。

滿宫春

般涉調大曲名。《宋史·樂志》：宋初置教坊，凡四部，所奏樂凡十八調，上自《梁州》起，至《滿宫春》止，止十七調，皆大曲。有定數可紀，故備録。惟《正平》一調係小曲，無定數，故不入樂。宋雲韶部者，黄門樂也。開寶中，平嶺表擇廣州内臣聰警者，得八十人，令於教坊習樂藝，賜名「簫韶」。雍熙初，改曰「雲韶」。每上元觀燈、上巳、端午觀水嬉，皆奏大曲，凡十三：一曰《萬年歡》、二曰《中和樂》、三曰《普天獻壽》、四曰《梁州》、五曰《泛清波》、六曰《大定樂》、七曰《喜新春》、八曰《胡渭州》、九曰《清平樂》、十曰《長壽仙》、十一曰《罷金鉦》、十二曰《緑腰》、十三曰《彩雲歸》。親王宴射亦用之。

獻仙音樂

宋法曲部，小石調。

宇宙清

宋龜兹部，雙調。

感皇恩樂

宋龜兹部，雙調。《九宫大成》無樂字，入北詞南吕調。

長壽樂曲

宋建隆中，教坊都知李德昇作。

萬歲昇平樂曲

宋教坊都知李德昇乾德元年作。

紫雲長壽樂　　鼓吹曲

右二曲，宋乾德中，教坊都知郭延美作。

共四百四十五調

漢時雅，鄭參用，而鄭爲多。魏平荆州，獲漢雅樂古曲，音辭存者四，曰《鹿鳴》、《騶虞》、《伐檀》、《文王》。而李延年之徒，以新聲被寵，復改易音辭，止存《鹿鳴》一曲，晉初亦除之。又漢代短簫鐃歌樂曲，三國時存者有《朱鷺》、《艾如張》、《上之回》、《戰城南》、《巫山高》、《將進酒》之類，凡二十二曲。魏、吴稱號，始各改其十二曲。晉興，又盡改之，獨《玄雲》、《釣竿》二曲名存而已。漢代鞶舞，三國時存者，有《殿前生桂樹》等五曲，其詞則亡。漢代胡角《摩訶兜勒》一曲，張騫得自西域，李延年因之更造新聲二十八解，魏、晉時亦亡。晉以來新曲頗衆，隋初盡歸清樂，至唐武后時舊曲存者如《白雪》、《公莫舞》、《巴渝》、《白紵》、《子夜》、《團扇》、《懊儂》、《石城》、《莫愁》、《楊叛兒》、《烏夜啼》、《玉樹後庭花》等，止六十三曲。唐中葉聲詞存者，又止三十七，有聲無詞者七，今不復見。唐歌曲比前世益多，聲行於今、詞見於今者，皆十之三四，世代差近而。大抵先世樂府有其名者尚多，其義存者十之三。其始，詞存者十不得一，若其音則無傳，勢使然也。石崇以《明君曲》教其妾緑珠，曰：「我本漢家子，將適單于庭。昔爲匣中玉，今爲糞上英。」緑珠亦自作《懊儂歌》曰：「絲布澀難逢。」元伊侍孝武飲燕，撫絃而歌《怨詩》曰：「爲君既不易，爲臣良獨難。忠信事不顯，乃有見疑患。周旦佐文武，金縢功不刊。推心輔王政，二叔反流言。」，熊甫見王敦委任錢鳳，將有異圖，進說不納，因告歸。臨別與敦歌曰：「徂風飈起蓋山陵，氛霧蔽日玉石焚，往事既去有長嘆，念別惆悵會復難。」陳安死隴上，歌之曰：「隴上壯士有陳安，軀幹雖小腹中寬，愛養將士同心肝，櫨驄文馬鐵鍛鞍，七尺大刀奮無端，丈八蛇矛左右盤，十盪十決無當前。戰始三交失蛇矛，棄我驫驄竄岩幽，爲我外援而懸頭。西流之水東流河，一去不還復奈何。」劉曜聞而悲傷，命樂府歌之。晉以來歌曲見於史者，蓋如是耳。

## 喝馱子

《洞微志》云：屯田員外郎馮敢，景德三年爲開封府丞。檢滂户田，宿史胡店。日落忽見三婦人過店前，入西畔古佛堂。敢料其鬼也，攜僕王侃詣之，延坐飲酒。稱二十六舅母者請王侃歌送酒，三女側聽。十四姨者曰：「何名也？」侃對曰：「喝馱子。」十四姨曰：「非也。此曲單州營妓教頭葛大姐所撰新聲。」梁祖作四鎮時，駐兵魚臺，值十月二十一生日，大姊獻之。梁祖令李振填詞，付後騎唱之，以押馬隊，因謂之葛大姐。及戰得勝回，始流傳河北，軍中競唱，俗以「押馬隊」，故訛曰「喝馱子。」莊皇入洛亦愛此曲，謂左右曰：「此亦古曲，葛氏但更正五七聲耳。」李珣《瓊瑶集》有《鳳臺》一曲，注云：俗謂之《喝馱子》，不載何宫調。今世道調宫有慢，句讀與古不類耳。

萬歲樂

《唐史》云：明皇分樂爲二部：堂下立奏謂之立部伎；堂上坐奏，謂之坐部伎。坐部伎六曲，而《鳥歌萬歲樂》居其四。鳥歌者，武后作也。有鳥能人言萬歲，因以製樂。《通典》云：《鳥歌萬歲樂》，武太后所造。時宫中養鳥能人言，嘗稱萬歲，爲樂以象之舞，三人衣緋大袖，並畫鴝鵒冠作鳥象。又云：今嶺南有鳥，似鴝鵒能言，名吉了音料，異哉！武后也凶忍之極，至聞鳥歌萬歲，乃欲集慶厥躬。在衆人則欲速死，在己身則欲長久，世無是理也。按：《理道要訣》：唐時太簇商樂曲有《萬歲樂》，或曰即《鳥歌萬歲樂》也。又舊唐史：元和八年十月，汴州劉宏撰《聖朝萬歲樂譜》三百首以進，今黃鐘宮亦有《萬歲樂》，不知起前曲或後曲。

阿濫堆

《中朝故事》云：驪山多飛禽，名阿濫堆。明皇御玉笛採其聲，翻爲曲子名。左右皆傳唱之，播於遠近，人競以笛效吹，故張祜詩云：「紅樹蕭蕭閣半開，玉皇曾幸此宮來。至今風俗驪山下，村笛猶吹阿濫堆。」賀方回《朝天子》曲云：「待月上潮平波灩灩，塞管孤吹新阿濫。」即謂阿濫堆。江湖間尚有此聲，予未之聞也。嘗以問老樂工，云屬夾鐘商。按：《理道要訣》云：天寶諸樂名堆，作追，屬黃鐘羽夾鐘商，俗呼雙調，而黃鐘羽則俗呼般涉調。然《理道要訣》稱黃鐘羽，時號黃鐘商調，皆不可曉也。

文漵子

《盧氏雜記》云：文宗善吹小管。僧文漵爲入內大德，得罪流之。弟子收拾院中籍入家具，猶作師講聲。上採其聲製曲，曰《文漵子》。予考《資治通鑒》，敬宗寶曆二年六月己卯，幸興福寺，觀沙門文漵俗講。敬、文相繼，年祀極近，豈有二文漵哉？至所謂俗講，則不可曉。意此僧以俗談侮聖言，誘聚群小，至使人主臨觀，爲一笑之樂，死尚晚也。今黃鐘宮大石調、林鐘商歇指調，皆有《十拍令》未知孰是。而「漵」字或誤作「緒」並「序」。

凌波神

《開元天寶遺事》云：帝在東都，夢一女子，高髻廣裳，拜而言曰：「妾凌波池中龍女，久護宮苑，陛下知音，乞賜一曲。」帝爲作《凌波曲》，奏之池上，神出波間。《楊妃外傳》云：上夢艷女梳交心髻，大袖寬衣，曰：「妾是陛下凌波池中龍女，衛宮護駕實有功。陛下洞曉鈞天之音，乞賜一曲。」夢中爲鼓胡琴，作《凌波曲》。後於凌波池奏新曲，池中波濤涌起，有神女出池心，乃夢中所見女子也。因立廟池上，歲祀之。《明皇雜録》云：女伶謝阿蠻善舞凌波曲，出入宮中及諸姨宅，妃子待之甚厚，賜以金粟妝臂環。按《理道要訣》：天寶諸樂曲名，有《凌波神》二曲：其一在林鐘宮云，時號道調宮，然今之林鐘宮，即時號南吕宮，而道調宮，即古之仲吕宮也，其一在南吕商云，時號水調，今南吕商則俗呼中管林鐘商也，皆不傳。予問諸樂工，云：舊見《凌波曲》譜，不記何宮調也。世傳用之歌吹，能招來鬼神，因是久廢。豈以龍女見形之故，相承爲能招來鬼神乎？

## 于闐樂

葛洪《西京雜記》云：漢高帝於七月七日與戚夫人臨百子池，作此樂，樂畢以五色縷相羈，謂爲相憐愛。此調與《上靈曲》皆戚夫人侍兒賈佩蘭出爲扶風人段儒妻時言也。

## 上靈曲

又云：漢高帝於十月十五日，與戚夫人入靈女廟，以豚、黍樂神，吹笛擊築歌此曲。

赤鳳皇來

又云：漢高祖時，宮女以十月十五日連臂踏地爲節，歌《赤鳳皇來》，此踏歌之始也。

落葉哀蟬

晉王子年《拾遺記》云：漢武帝思李夫人不可復得，造此歌曲，使女伶歌之。

襄陽蹋銅蹄

梁武帝西下所作。

梁武懺

爲郗后作。《九宫大成》入南詞高大石調引。

採蓮船

《南史·羊侃傳》云：侃性豪侈，善音律，自造《採蓮》、《棹歌》兩曲，甚有新致。《九宫大成》入南詞雙調引。

楊白花

《梁書》云：「魏楊白花容貌瓌偉，胡太后逼幸之。白花懼禍，奔梁，改名華。太后追思不已，爲作《楊白花》歌，以寄其不捨耳。

金樓子

梁元帝所著書名，詞名本此，調失傳。

映水曲

梁范靖妻沈滿願作。

商旅行

《唐類函》云：齊武帝布衣時，常游樊、鄧。登祚後，追憶往事而作歌，名《估客樂》，使太樂令劉□教習，百日無成。釋寶月善音律，帝使奏之便就。勑歌者常重爲感憶之聲。梁代改名《商旅行》。

樂游曲

《漢書·宣帝紀》云：神爵三年，起樂游苑，後因立廟。注：在杜陵西北。宣帝立廟於曲池之北，號樂游。蓋本爲樂游苑製爲《樂游曲》。

無愁曲

《全唐詩》注：北齊歌也。天寶十三載，改《無愁》爲《長歡七夕樂》、《玉女行觴》、《舞席同心髻》、《相逢樂》，俱隋白明達製。

龍女思元曲

顏師古《南部烟花記》云：隋煬帝在揚州，每集童女鳴鼓吹簫，歌龍女思元之曲。

十棒鼓

《隋書·禮儀志》云：李春晦儺，一人爲唱師，著皮衣執棒，鼓角各十，遂以《十棒鼓》名。《九宮大成》入南詞正宮正曲。

月分光

《影燈記》云：唐明皇正月十五夜，於常春殿張臨光宴。白鷺轉花，黃龍吐水，金鳧銀燕，浮光洞，攢星閣，皆燈也，奏此曲。

紫雲迴

樂史《太真外傳》云：上嘗夢十仙子，乃製《紫雲迴》。注：元宗嘗夢仙子十餘輩，御卿雲而下，各執樂器懸奏之。曲度清越，真仙府之音。有一仙人曰：「此《神仙紫雲迴》，今傳授陛下爲正始之音。上喜而傳受。寤後，餘音猶在。旦命玉笛習之，書得其節奏也。又見鄭棨《開元傳信記》、楊巨源《李謩吹笛記》。

太平樂　上元樂

鄭處誨《明皇雜録》云：元宗在東洛，大酺於五鳳樓下，爲《破陣樂》、《太平樂》、《上元樂》。《樂府雜録》云：太平樂曲屬龜兹部。按：《破陣樂》見卷六。

雲河水清歌

劉餗《隋唐嘉話》云：貞觀中，景雲見，河水清，張率更以爲景雲河水清歌，名《白燕樂》，今元會第一奏也。

慶善樂

又云《破陣樂》，被甲持戟以像戰事。《慶善樂》，廣神屣覆以像文德。鄭公見奏《破陣樂》，則俯而不視。《慶善》則玩之而不厭。

奉聖樂

《樂府雜録》云：《奉聖樂》曲，是韋南康鎮蜀時，南詔所進。在宮調屬胡部。

順聖樂

李肇《國史補》云：於司空頔，因韋太尉《奉聖樂》，亦撰《順聖樂》以進，每宴必使奏之。其曲將半，行綴皆伏，而一人舞於中央。又令女妓爲佾舞，雄健壯武，號《孫武順聖樂》。

女王國曲

蘇鶚《杜陽雜編》云：更有女王國貢龍油綾、魚油錦，紋彩尤異，皆入水不濡。優者亦作《女王國曲》，音調宛暢，傳於樂部。

泰邊陲

又云：宣宗製《泰邊陲》曲，其詞曰：「海岳宴咸通」，及上垂拱，而年號咸通焉。

聖壽樂

《教坊記》云：開元十一年初，製《聖壽樂》，令諸女衣五方色衣以歌舞之。

上元子

《舊唐書·高宗紀》云：上製樂章有上元之曲，詔有司諸大祀享奏之。

快活三

魏鶴仙《天寶遺事》云：快活三郎即明皇也，《九宫大成》入北詞中吕調隻曲。

憶長安

唐謝良輔、鮑防諸人作。

憶秦郎

唐吴元濟女，没入掖庭，易姓沈氏，名翹翹。因配樂籍，本藝方響，乃白玉也。以響玉爲槌，紫檀爲架，製度精妙。一日奏曲，文宗喜曰：「卿欲適人耶？」翹翹不對，上知其意，選金吾判官秦誠聘之。後誠奉使日本不返，翹翹自製一曲，名《憶秦郎》，執玉方響，登樓歌之，聞者悽愴。方響應二十八調，今不傳。

緑珠怨

《淵鑒類函》云：武后時補闕喬知之有妾碧玉，美而善歌舞。武承嗣借教歌童，納之不退。知之作《緑珠怨》密寄之。

掛金索

《羯鼓録》云：宋沇待漏於光宅佛寺，聞塔上風鐸聲，傾聽久之。朝回後，止寺舍，登塔循金索，歷扣以辨之曰：「此姑洗之編鐘耳。」詞人譜爲《掛金索》。《九宫大成》入北詞商調隻曲。

古釵嘆

唐張籍作。

摩訶兜勒
崔豹《古今注》云：張騫使西域，得《摩訶兜勒》一曲。李延年增之，分爲二十八曲。
春鶯囀
唐《教坊記》云：唐高宗曉音律，晨坐聞鶯聲，命樂工白明達寫之，遂有此曲。《山堂肆考》云虞世南曲。
喜慶善樂
唐高宗製。
長寧樂
《唐書·禮樂志》云：代宗繇廣平王復二京，梨園供奉官劉日進製《寶應長寧樂》十八曲以獻，皆宮調也。
朝元樂
白居易遇天寶樂叟歌。是時天下太平久矣，年年十月坐朝元。《九宮大成》入北詞雙角隻曲。
玉樹曲
唐王穀嘗作詞，譏陳元秀當國事。
中和曲

唐德宗生日作。

黄帝鹽

沈作喆《寓簡》云：衡山南岳祠宫，舊多遺迹。徽宗政和間，新作燕樂，搜訪古曲遺聲。聞宫廟有唐時樂曲，自昔秘藏，詔使上之。得《黄帝鹽》、《荔枝香》二譜。《黄帝鹽》本交趾來獻，其聲古樸，棄不用。《荔枝香》音節韶美，遂入燕樂。荔枝香見卷十。

湘妃怨　哭顔回

《樂書》注云：琵琶女夢異人授譜，後有《湘妃怨》、《哭顔回》二徵調。《唐書·儀衛志》云：大横吹部節鼓二十四曲，二十二《湘妃怨》，琴曲亦有此名。一作《凌波仙》，一名《馮夷曲》，一名《水仙子》。按：《水仙子》見卷廿四。

大合禪　滴滴泉

《太平樂府》云：唐時羯鼓無有能傳其法者，開元帝最爲妙絶。宋璟、李皐、裴冕，亦精其理。至宋元祐中，邠州一老猶能之，有《大合禪》、《滴滴泉》曲。

北邙月

《洞微志》云：鄭超遇田參軍，贈妓曰妙香。數年告別，歌此詞送酒。翌日，同至北邙下，化狐而去。

萬里朝天

蜀孟昶末年，婦人競戴高冠子，皆云朝天，遂製新曲，名《萬里朝天》，意謂萬里將朝於己。及歸降至京，乃萬里朝天之驗。

水調銀漢曲　河傳銀漢

《水調》、《河傳》，皆曲部名也。《外史檮杌》云：王衍泛舟巡閬中，舟子皆衣錦綉，自製《水調銀漢曲》。

黄鸝笛　金釵兩臂垂

杜佑《通典》云：並陳後主造。

念家山破　金鈴破

《五國故事》云：煜善音律，造《念家山破》，及《振金鈴曲破》，言者取要而言之《家山破》、《金鈴破》。又建康染肆之榜，多題曰「天水碧」，尋而皇家蕩平之，悉前兆也。陳暘《樂書》云：南唐後主樂曲有《念家山破》。至宋祖開寶八年，悉取其地，乃入朝，是「念家山破」之應也。

壽陽樂

鄭樵《通志》云：南平穆王爲荊河州作。

邀醉舞破

《南唐書》云：南唐大周后即昭惠后。嘗雪夜酣燕，舉杯屬後主起舞。後主曰：「汝能創爲新聲則可」。后即命箋綴譜，喉無滯音，筆無停思，譜成，名《邀醉舞破》。《填詞名解》云：《念家山破》後主煜所作，蓋舊曲有《念家山》，後主親演爲破。昭惠后亦作《邀醉舞破》、《恨來遲破》，既久而忘之。後主追悼昭惠，詢問舊曲，無復曉者，宫人流珠獨能記憶，故三曲復有名傳。

四時樂

李公麟作，言山莊四時野人之樂。

奇俊王家郎

朱彧《可談》云：王迴，美姿容，有才思。少不持重，爲狎邪輩所誣，播入樂府。今六幺所歌《奇俊王家郎》即迴也。元豐中，蔡持正薦任監司，神宗云：「此乃奇俊王家郎乎？」持正叩頭謝罪。

叫聲

耐得翁《古杭夢游録》云：自京師起，撰鄉國市井諸色歌吟賣物之聲，採合宫調而成也。或云孔立傳撰。《九宫大成》入北詞中吕調隻曲。

大安樂

《宋史·樂志》云：仁宗時，王堯臣等議國朝樂宜名大安。《九宫大成》入北詞仙吕調隻曲。

長春樂

宋建隆中，教坊都知李德昇作。

河市樂

王曾《筆録》云：駙馬都尉高懷，以節製領睢陽，洞曉音律。宋城南抵汴梁五里，有東西二橋，民居繁夥，倡優雜户，率多鄙俚。高每宴飲樂作，效其樸野之態，以爲戲玩，謂之河市樂。

降仙臺

《文獻通考》云：本朝歌吹止有四曲，《十二時導引》、《降仙臺》並《六州》爲四。每大祀宿齋，或行幸夜，每更三奏，名爲警場。按：《十二時導引》、《六州》俱見卷十九。

歸來樂

《九宫大成譜》云：宋蘇軾自度曲傳之已久，未注宫調，舊譜未載。今審其音調，旖旎嫵媚，當歸小石角。本集不載。

青天歌

黄雪簑《青樓集》云：連枝秀姓孫氏，京師角妓也。有招飲者，酒酣則自起舞，唱《青天歌》。《九宫大成》入南詞仙吕宫正曲，又入北詞雙角隻曲。

青歌兒　紅衫兒

又云：梁國秀姓劉氏，歌舞談謔爲當代稱首。所製樂府爲《小梁州》、《青歌兒》、《紅衫兒》，世共唱之。《九宫大成》：《青歌兒》入南詞仙吕宫正曲。「歌」一作「哥」。《紅衫兒》入北詞中吕調隻曲，又入南詞南吕宫正曲。歐陽修《小梁州》見卷六。

蝗蟲三疊

張舜民《畫墁録》云：波唐善詞曲，始爲楚州職官。知州胡楷差打蝗蟲，唐不堪其役，作《蝗蟲三疊》，觸楷怒，坐贓三十年。

望瀛

《宋史·樂志》：法曲部道調宫。

瀛府

《宋史·樂志》云：正宫調大曲名，又入南吕宫。

興龍引

《宋史·哲宗紀》云：熙寧九年十二月七日，哲宗生於宫中，赤光照室。及即位，群臣請以是日爲興龍節。

千金意

（缺書名）云：曹珪仕吴越，爲蘇州刺史。捨宅爲招提寺。至宋，有鄧州金鶴雲，寓近寺側，亦想聞歌。一夕歌漸近，乃好女子，排户共榻。遲明惜别，鶴雲贈百金，女子泣曰：「妾曹刺史家女也。幸拂枕席，方當别去，未卜後期，夾山之會君其慎之」。鶴雲告主人，不解。後修寺，於牆陰得古琴繫百金焉。鶴雲後爲令，卒於峽州。詞有「一曲值千金」之句，遂名《千金意》。與《樂府標源·情人桃葉歌》亦名《千金意》注不同。

君臣樂

《金史》云：金世宗大定九年，皇太子生。上宴於東宫，命奏新聲。謂大臣曰：「朕製此曲，名《君臣樂》，今天下無事，與卿等共之，不亦樂乎？」

溪山好

陶宗儀云：會波村在松江城北三十里。其西九山雄立，若幽人冠帶拱揖狀。一水並九山，南過村外，以入於海，溝塍畎澮，隱翳竹樹間。春時，桃花盛開，鷄犬之聲相聞，有武陵風概。隱者停雲子居焉，一舟時放中流，或投竿，或彈琴，或呼酒獨酌，或哦詠陶、謝、韋、柳詩，殆將與功名相忘。嘗坐余舟中，作茗供飲，襟抱清曠，不覺度成《溪山好》一曲，主人即補入中吕調，命洞簫吹之，與童子權歌相答，極鷗波縹渺之思。

# 宫譜録要

聲音之道，由人心生。上古元音，出於天籟，長短疾徐，輕清重濁，自然叶度。漢唐而後，創爲聲調之説，始有一宗不易之則。宋元以降，南北曲盛行。伶工循聲度曲，習其業而不能通其文；文人按譜填腔，習其詞而不能明其義。問宫調之所以然，皆茫然而莫對。音律之學，於今失墜久矣！余雅不善爲操縵，擬勒成一書，每格格於吐茹間。然載籍極博，釐然具在，何妨取古人之論議，合今時之法度，以意消息之。由是心領神會，觸類引申，使宫譜之義，常明於天壤。故雜取唐宋以來宫調諸論，録其要旨，以俟元音論定。世有周郎，開余迷惑，豈不幸甚？作《宫譜録要》。

**《樂府雜録》**唐段安節

別樂識五音輪二十八調圖

舜時調八音，用金、石、絲、竹、匏、土、革、木，計用八百般樂器。至周時，改用宮、商、角、徵、羽，用製五音，減樂器至五百般。至唐朝，又減樂器至三百般。太宗朝，三百般樂器内，挑絲、竹爲胡部，用宮、商、角、徵、羽，合平、上、去、入四聲。其徵音有其聲，無其調。

平聲羽七調

第一運中吕調，第二運正平調，第三運高平調，第四運仙吕調，第五運黄鐘調，第六運般涉調，第七連高般涉調。雖去中吕調，六運如車輪轉，卻去中吕一運聲也。

上聲角七調

第一運越角調，第二運大石角調，第三運高大石角調，第四運雙角調，第五運小石角調，亦名正角調，第六運歇指角調，第七運林鐘角調。

去聲宫七調

第一運正宫調，第二運高宫調，第三運中吕宫，第四運道調宫，第五運商調宫，第六運角調宫，第七運黄鍾宫。

入聲商七調

第一運越調，第二運中商調，第三運高大石調，第四運雙調，第五運小石調，第六運羽宫調，第七運林鐘商調。

上平聲調

爲徵聲　商角同用　吕平中越石

右件二十八調，琵琶八十四調方得是。五絃五本，共應二十八調本。笙除二十八調本外，别有二十八本中管調。初製胡部樂，無方響，只有絲竹。緑方響不應諸調，有直拔聲。太宗於内庫别收一片鐵，有以方響，下於中吕調頭一韻，聲名大吕，應高般涉調頭，方得應二十八調。箏只有宫、商、角、羽四調，臨時移柱，應二十八調。

《九宫大成》分配十二月令宫調總論。

《宋史·燕樂志》以夾鐘收四聲，曰宫、曰商、曰羽、曰閏，閏爲角。其正角聲、變徵聲、徵聲，皆不收，而獨用夾鐘爲律。本宫聲七調曰正宫、高宫、中吕宫、道宫、南吕宫、仙吕宫、黄鐘宫。商聲七調曰大石調、高大石調、雙調、小石調、歇指調、商調、越調。羽聲七調曰般涉調、高般涉調、中吕調、平調、南吕調、仙吕調、黄鐘調。角聲七調曰大石角、高大石角、雙角、小石角、歇指角、商角、越角。此其四聲二十八調之略也。顧世傳《曲譜》，北曲宫調凡十有七，南曲宫譜凡十有三。其名大抵祖二十八調之舊，而其義多不可考。又其所謂宫調者，非如雅樂之某律立宫，某聲起調，往往一曲可以數宫，一宫可以數調。其宫調名義既不可泥，且燕樂以夾鐘爲黄鐘，變徵爲宫，變宫爲閏，其宫調聲字亦未可據。按騷隱居士曰：宫調當首黄鐘，而今譜乃首仙吕，且既曰黄鐘爲宫矣，何以又有正宫？既曰夾鐘、姑洗、無射應鐘爲羽矣，何以又有羽調？既曰夷則爲商矣，何以又有商調？且宫、商、羽各有調矣，而角、徵獨無之，此皆不可曉者。或疑仙吕之仙乃仲字之訛，大石之石乃吕字之訛，亦尋聲揣影之論耳。《續通考》謂大石本外國名，般涉即般瞻，譯言般瞻，華言曲也。夫南北風氣固殊，曲律亦異。然宫調則皆以五聲旋轉於十二律之中。廖道南曰：五音者，天地自然之聲也。在天爲五星之精，在地爲五行之氣，在人爲五藏之聲。由是言之，南北之音節雖有不同，而其本之天地之自然者，不可易也。且如春月盛德在木，其氣疏達，故其聲宜啴緩而駘宕，始足以象發舒之理。若仙吕之《醉扶歸》、《桂枝香》，中吕之《石榴花》、《漁家傲》，大石之

《長壽仙》、《芙蓉花》、《人月圓》等曲是也。夏月盛德在火，其氣恢臺，其聲宜洪亮震動，始足以肖茂對之懷。若越調之《小桃紅》、《亭前柳》，正宮之《錦纏道》、《玉芙蓉》、《普天樂》等曲是也。秋之氣颯爽而清越，若南呂之《一江風》、《浣溪沙》，商調之《山坡羊》、《集賢賓》等曲是也。冬之氣嚴凝而静正，若雙調之《朝元令》、《柳摇金》，黄鐘之《絳都春》、《畫眉序》，羽調之《四季花》、《勝如花》等曲是也。此蓋聲氣之自然，本於血氣心知之性，而適當於喜怒哀樂之節，有非人之智力所能與者。我聖祖仁皇帝，考定元聲，審度製器，黄鐘正而十二律皆正，則五音皆中聲，八風皆元氣也。今合南北曲所存燕樂二十三宫調諸牌名，審其聲音以配十有二月。正月用仙吕宫仙吕調；二月用中吕宫中吕調；三月用大石調大石角；四月用越調越角；五月用正宫高宫；六月用小石調小石角；七月用高大石調高大石角；八月用南吕宫南吕調；九月用商調商角；十月用雙調雙角；十一月用黄鐘宫黄鐘調；十二月用羽調平調。如此則不必拘拘於宫調之名，而聲音意象自與四序相合。羽調即黄鐘調，蓋調缺其一，故兩用之。而子當夜半，介乎兩日之間，於義亦宜也。閏月則用仙吕入雙角，仙吕即正月所用，雙角即十月所用，合而一之，履端於始歸餘於終之義也。至於舊譜所傳六宫十一調，沈自晉曾謂：自元以來又亡其四，自十七宫調而外，又變爲十三調。則知道宫歇指久已失傳，而《廣正譜》尚立道宫之名，惟採董解元《西廂》、「憑欄人」、「解紅」小套以存其舊。遍考《元人百種》、《雍熙樂府》以及元明傳奇皆無道宫全套，即南詞亦不多見。概將北詞《憑欄人》等名、南詞《赤馬兒》等名，審其聲音相近裁併之，不復承訛襲謬。若夫般涉調雖隸於羽聲七調内，今南北詞亦祇寥寥數闋，考諸各譜附於正宮者俱多。顧般涉本係黄鐘，爲宫，自當歸入黄鐘宫，用存循名核實之義云爾。

# 詞旨叢説

《詞選》、《詞評》、《詞譜》諸書，古今不下數百種。獨《作詞要訣》、楊守齋《作詞五要》、張玉田《詞源》、陸輔之《詞旨》而外，未有成書。概見國初諸書議論頗繁，然皆旁見錯出，參雜於詞話之中，倚聲家未免望洋之嘆。余於搜訂《詞繫》之餘，凡遇言及作詞之法，隨手録出，薈萃成編。謂之叢説者，叢脞雜亂之言、不分條目也。未附鄙見，雖不免拾人牙慧，而得之於心，述之於口。公諸同好，不妨爲初學説法，奚必效枕中鴻寶之秘耶！但閲者勿嗤其淺陋可耳。作《詞旨叢説》二卷。

**詞旨**元陸韶輔之撰

夫詞亦難言矣，正取近雅，而又不遠俗。予從樂笑翁游，深達奥旨製度所法，因從其言，命韶暫作《詞旨》，語近而明，法簡而要，俾初學易於入室云。

命意貴遠。用字貴便。造語貴新。鍊字貴響。古人詩有翻案法，詞亦然。詞不用雕刻，刻則傷氣，務在自然。周清真之典麗，姜白石之騷雅，史梅溪之句法，吴夢窗之字面，取四家之所長，去四家之所短，此翁之要訣。學者所謂刻鵠不成尚類鶩者也，不可與俗人言，可與知者道。對句好可得，起句好難得。收拾全藉出場。凡觀詞須先識古今體製雅俗。脱出宿生塵腐氣，然後知此語，咀嚼有味。

《詞源》云：清空二字，亦一生受用不盡，指迷之妙，盡在是矣。學者必在心傳耳傳，以心會意，當有悟入處。然須跳出窠臼外，時出新意，自成一家。若屋下架屋，則爲人之賤僕矣。

製詞須布置停勻，血脈貫穿。過片不可斷曲意，如常山之蛇，救首救尾。

單字集虚：任、看、正、待、乍、怕、縱、問、愛、奈、似、但、料、想、更、算、况、悵、快、早、儘、嗟、憑、嘆、方、將、未、已、應、若、莫、念、甚。

《懷古録》云：「門外狗兒吠」一首，此唐人詞也。前輩謂讀此可悟詞法。或以問韓子蒼，子蒼曰：只是轉折多耳。且如：喜其至是一轉也；而苦其今夜醉，又是一轉。入羅幃是一轉矣，而不肯脱羅衣又是一轉。後二句，自家開釋又是一轉，直是賦盡醉公子也。

沈際飛云：唐詞多述本意，有調無題，如《臨江仙》賦水媛江妃也，《天仙子》賦天臺仙子也，《河瀆神》賦祠廟也，《小重山》賦宫詞也，《思越人》賦西子也。有謂此亦詞之末端者。唐人因調而製詞，故命名多屬本意。後人塡詞以從調，故賦詠可離原唱也。

《古今詞話》云：宋無名氏《眉峰碧》詞，真州柳永少讀書時，遂以此詞題壁，後悟作詞章法。一妓向人道之，永曰：某於此亦頗變化多方也。然遂成屯田蹊徑。

陳子龍云：宋人不知詩而強作詩。其爲詩也，言理而不言情，終宋之世無詩。然其歡愉愁苦之致，動於中而不能抑者，類發於詩餘，故其所造獨工。蓋以沉摯之思而出之必淺近，使讀之者驟遇之如在耳目之前，久誦之而得雋永之趣，則用意難也。以儇利之詞而製之，必工鍊。使篇無累句、句無累字，圓潤明密，言如貫珠，則鑄詞難也。其爲體也纖弱，明珠翠羽猶嫌其重，何況龍鸞？必有鮮妍之姿而不藉粉澤，則設色難也。其爲境也婉媚，雖以驚露取妍，實貴含蓄不盡，時在低徊唱嘆之際，則命篇難也。宋人專事之，篇什既富，觸景皆會，雖高談大雅，而亦覺其不可廢也。

《元詞序》云：詞忌堆砌，亦不僅以纖艷爲工。元人之妙，在於冷中帶謔，所以老優能製，少婦善謳。即當日院本，昔人以被之絲竹者，何等清新流麗。噫，音律一道，無關理學，何苦復驅之爲學究。

《堯山堂外紀》云：喬夢符嘗言作樂府有三法：鳳頭、豬肚、豹尾也。

## 詞話

爰園詞話俞彥字仲茅，江寧人。

詞全以調爲主，調全以字之音爲主。音有平仄，多必不可移者，間有可移者。仄有上去入，多可移者，間有必不可移者。儻必不可移者，任意出入，則歌時有棘喉澀舌之病。故宋時一調，作者多至數十人，如出一吻。今人既不解歌，而詞家染指，不過小令中調，尚多以律詩手爲之，不知孰爲音，孰爲調，何怪乎詞之亡也。

遇事命意，意忌庸、忌陋、忌襲。立意命句，句忌腐、忌澀，忌晦。意卓矣，而束之以音。屈意以就音，而意能自達者，鮮矣。句奇矣，而攝之以調，屈句以就調，而句能自振者，鮮矣。此詞之所以難也。

小令佳者，最爲警策，令人動褰裳涉足之想，第好語往往前人説盡，當何處生活。長調尤爲亹亹，染指較難。蓋意窘於侈，字貧於複，氣竭於鼓，鮮不納敗。比於兵法，知難可焉。

七頌堂詞繹劉體仁字公勇，穎川人。

詞欲婉轉而忌複，不獨「不恨古人吾不見」與「我見青山多嫵媚」爲岳亦齋所誚。

即白石之工，如「露濕銅鋪」與「候館吟秋」，總是一法。

詞起結最難，而結尤難於起，蓋不欲轉入別調也。「呼翠袖、爲君舞」，「倩盈盈翠袖、揾英雄淚」，正是一法。然又須結得有「不愁明月盡，自有夜珠來」之妙乃得。美成《元宵》云：「任舞休歌罷」。則何以稱焉。

中調長調轉換處，不欲全脱，不欲明粘，如畫家開闔之法，須一氣而成，則神味自足。以有意求之，不得也。

重字良不易，「錯錯錯」與「忡忡忡」之類是也。然須另出，不是上句意，乃妙。

文字總要生動，鏤金錯彩，所以爲笨伯也。詞尤不可參一死句，辛稼軒非不自立門户，但是散仙入聖，非正法眼藏。改之處處吠影，乃博刀圭之譏，宜矣。

惟片言而居要，乃一篇之警策，詞有警句，則全首俱動。若賀方回非不楚楚，總拾人牙後慧，何足比數。

詞須上脱香奩，下不落元曲，乃稱作手。

長調最難工，蕪累與癡重同忌，襯字不可少，又忌淺熟。

詞中對句，正是難處，莫認作襯句。至五言對句、七言對句，使觀者不作對疑，尤妙。

詠物至詞，更難於詩。即「昭君不慣風沙遠，但暗憶江南江北」，亦費解。放翁「一個飄零身世，十分冷淡心腸」，全首比興，乃更遒逸。

文長論詩曰：如冷水澆背，陡然一驚，便是興觀群怨，應是爲邃言借貌一流人説法。温柔敦厚，詩教也。陡然一驚，正是詞中妙境。

隱括體不作可也，不獨醉翁如嚼蠟，即子瞻改琴詩，琵琶字不現，畢竟是全首説夢。

古人多於過變乃言情，然其意已全於上段，若另作頭緒，不成章法。

皺水軒詞筌賀裳字黄公，丹陽人。

詞家多翻詩意入詞，雖名流不免。吾常愛李後主《一斛珠》末句云：「綉牀斜憑嬌無那。爛嚼紅絨，笑向檀郎唾。」楊孟載《春綉絶句》云：「閒情正在停針處，笑嚼紅絨唾碧窗。」此卻翻詞入詩，彌子瑕竟效顰於南子。

詞雖以險麗爲工，實不及本色語之妙。如李易安「眼波才動被人猜」，蕭淑蘭「去也不教知，怕人留戀伊」，魏夫人「爲報歸期須及早，休誤妾，一春閑」，孫光憲「留不得、留得也應無益」，嚴次山「一春不忍上高樓，爲怕見，分攜處」，觀此種句，覺「紅杏枝頭春意鬧」尚書，安排一個字，費許大氣力。

寫景之工者，如尹鶚「盡日醉尋春，歸來月滿身」，李重光「酒惡時拈花蕊嗅」，李易安「獨抱濃愁無好夢，夜闌猶剪燈花弄」，劉潛夫「貪與蕭郎眉語，不知舞錯伊州」，皆入神之句。

詞雖宜於艷冶，亦不可流於褻褻。吾極喜康與之《滿庭芳·寒夜》一闋，真所謂有樂而不淫。且雖填詞小技，亦兼辭令、議論、叙事三者之妙。首云：「霜幕風簾，閒齋小户，素蟾初上雕籠。」寫其節序景物也。繼云：「玉杯醽醁，還與可人同。古鼎沉烟篆細，玉笋破，橙橘香濃。梳妝懶、脂輕粉薄，約略淡眉峰。」則陳設之濟楚，肴核之精良，與夫手爪顔色，一一如見矣。换頭云：「清新歌幾許，低隨慢唱，語笑相供。道文書針綫，今夜休攻。莫厭蘭膏更繼，明朝又，紛冗匆匆。」則不惟以色藝見長，宛然慧心女子，小窗中喁喁口角。末云：「酩酊也，冠兒未卸，先把被兒烘。」一段温柔旖旎之致，咄咄逼人。觀此形容節次，必非狹斜曲里中人，又非望宋窺韓者之事，正希真所云真個憐惜也。但受其憐惜者，亦難消受耳。放翁有句云：「璧月何妨夜夜滿，擁芳柔，恨今年寒尚淺。」此生差堪相匹。此等處俱舉一以概其餘，在讀詞者自知之。

小詞以含蓄爲佳，亦有作决絶語而妙者。如韋莊「誰家年少足風流。妾擬將身嫁與，一生休。縱被無情棄，不能羞」之類是也。牛嶠「須作一生拚，盡君今日歡」，抑亦其次。柳耆卿「衣帶漸寬終不悔，爲伊消得人憔悴」，亦即韋意，而氣加婉矣。

詞家須使讀者如身履其地，親見其人，方爲蓬山頂上。如和魯公「幾度試香纖手暖，一迴嘗酒絳唇光」，歐陽公「弄筆偎人久，描花試手初」，無名氏「照人無奈月華明，潛身卻恨花陰淺」，孫光憲「翠袂半將遮粉臆，寶釵長欲墜香肩」，真覺儼然如在目前，疑於化工之筆。

詞之最醜者爲酸腐，爲怪誕，爲粗莽。然險麗貴矣，須泯其鏤劃之痕乃佳。如蔣捷「燈摇縹暈茸窗冷」，可謂工矣，覺斧跡猶在。如王通叟《春游》諸闋，則痕跡都無，真猶石尉香塵，漢皇掌上也。內中兩個字、尤弄姿無限。

詞家用意極淺，然愈翻則愈妙。如周清真《滿路花》後半云：「愁如春後絮，來相接。知他那裡，争信人心切。」酷盡無聊賴之至。至陸放翁《一叢花》則云：「從今判了，十分憔悴，圖要個人知」。其情加切矣。至孫夫人《風中柳》則更云：「怕傷郎，又還休道」。則又進一層。然總此一意也，正如剝蕉者，轉入轉深耳。

作險韻者，以妥爲貴，如史梅溪《一斛珠》詞，用愜、躡、疊、接等韻，語甚生新，卻無一字不妥也。此等詞俱不全載，於宋詞原本閱之自見。

稗史稱韓幹畫馬，人入其齋，見幹身作馬形，凝思之極，理或然也。作詩文亦必如此始工。如史邦卿詠燕，幾於形神俱似矣。次則姜白石詠蟋蟀，刻劃亦工。蟋蟀無可言，而言聽蟋蟀者，正姚鉉所謂賦水不當僅言水，而言水之前後左右也。然尚不如張功甫「月洗高梧」一闋，不惟曼聲勝其高調，兼形容處心細如絲髮，皆姜詞之所未發。常觀姜論史詞，不稱其「軟語商量」，而賞其「柳昏花暝」，固知不免項羽學兵法之恨。

凡寫迷離之況者，止須述景，如「小窗斜日到芭蕉，半牀斜月疏鐘後」，不言愁而愁自見。因思韓致光「空樓雁一聲，遠屏燈半滅」，已足色悲涼，何必又贅眉山正愁絕耶？覺首篇「時復見殘燈，和烟墜金穗」，如此結句，更自含情無限。

作長調最忌演湊，如蘇養直「獸環半掩」，前半皆景語也。至「漸迤邐，更催銀箭」以下，則觸景生情，復緣情布景，節節轉換，穠麗周密，譬之織錦家，真竇氏回文梭矣。詞有如張融危膝，不可無一，不可有二者，如劉改之《天仙子·別妾》諸詞，再若效顰，寧非打油惡道乎？然篇中「雪迷村店酒旗斜」，固非雅流不能作此語。至無名氏《青玉案》曰：「落日解鞍芳草岸。花無人戴，酒無人勸。醉也無人管」。語淡而情濃，事淺而言深，真得詞家三昧，非鄙俚樸陋者可冒。

作詞不待用事，用之妥切，則語始有情。劉叔安《水龍吟·立春懷内》曰：「畫欄倚遍東風，悶負卻，桃花咒。」此用樊夫人劉綱事，妙在與己姓暗合。若他人用之，雖亦好語，終減量矣。

小詞須風流蘊藉，作者當知三忌：一不可入漁鼓中語言，二不可涉演義家腔調，三不可像優伶開場時叙述。偶類一端，即成俗劣。顧時賢犯此極多，其作俑者，白石山樵也。

蘭皋詞選題詞 顧璟芳字宋梅，嘉興人。

詞之小令猶詩之絶句，字句雖少，音節雖短，而風情神韻正自悠長。作者須有一唱三嘆之致，淡而艷，淺而深，近而遠，方是勝場。且詞體中，長調每一韻到底，而小令每用轉韻。故層折多端，姿態百出，索解正自不易。

中調似詩之近體，修短中程，淺深合度，有和鸞節奏之音焉。其間如《蝶戀花》諸調，風神諧暢。作者易於得手，讀者易於上口。他若諸僻調生澀者，佶屈聱牙，是亦律之拗體也。

詞雖貴柔情曼聲，然第宜於小令。若長調而亦喁喁細語，失之約矣。故慨慷淋灕、沉雄悲壯乃爲合作。其不轉韻，以調長恐勢散而氣不貫也。

詞辨坻毛先舒字馳黄，錢塘人。

詞家刻意俊語濃色，此三者皆作者神明，然須有淺淡處，平處，忽著一二乃佳耳。如美成《秋思》，平叙景物已足，乃出「醉頭扶起寒怯」，便動人工妙。

李易安《春情》「清露晨流，新桐初引」用《世説》，全句渾妙。嘗論詞貴開宕，不欲沾滯，忽悲忽喜，乍遠乍近，斯爲妙耳。如游樂詞，微須著愁思，方不痴肥。李《春情》詞本閨怨，結云：「多少游春意，更看今日晴未？」忽爾拓開，不但不爲題束，並不爲本意所苦，直如行雲舒捲自如，人不覺耳。前半泛寫，後半專叙，盛宋詞人多此法。如子瞻《賀新涼》後段，只説榴花，《卜算子》後段，只説鳴雁。周清真《寒食詞》後段，只説邂逅，乃更覺意長。

《藝苑卮言》云：填詞小技，尤爲謹嚴。夫詞宜可自放，而元美乃云謹嚴，知詞故難，作詞亦未易也。柴虎臣云：「指取温柔，詞歸蘊藉，暱而閨帷，勿浸而巷曲，浸而巷曲，勿墮而村鄙」。又云：「語境則咸陽古道，汴水長流。語事則赤壁周郎，江州司馬。語景則岸草平沙，曉風殘月。語情則紅雨飛愁，黄花比瘦」，可謂雅暢。

與沈去矜論填詞書（節録）　鄒祇謨字程村，宜興人。

足下《雲華詞稿》一編，妙麗纏綿，俛睨盛宋，清彈朗歌，窮寫纖隱，於古靡所不合，而微指所向，則禰祀柳七。僕謂柳不足爲足下師也。蓋詞家之旨，妙在離合，或感憶之作，時見欣怡風流之緒，更出悽斷；或本題詠物，中去而言情；或初旨述懷，末乃專摛一鳥一卉。蓋興緣鳥卉，雅志昭焉。是按語斯離，謀情方合者也。夫語不離則調不變宕，情不合則緒不聯貫。每見柳氏，句句粘合，意過久許，筆猶未休。此是其病，不足可師。又情景者，文章之輔車也。故情以景幽，單情則露；景以情妍，獨景則滯。僕觀高製，恆情多景少，當是慮寫及月露使真意淺耳。然昔之善述情者，多寓諸景。梨花、榆火、金井、玉鈎，一經染翰，使人百思，哀樂移神，故不在歌哭也。又云：才藻所極，宜歸詩體，詞流載筆，白描稱雋。僕抑謂不然。大抵詞多綺語，必清麗相須，但避癡肥，無妨金粉。故唐宋以來作者，多情不掩才，譬則肌理之與衣裳，鈿翹之與鬟髻，互相映發，百媚斯生。何必裸露，翻稱獨立。且閨襜好語，吐屬易盡，巧竭思匱，則鄙褻隨之。真則近俚，刻又傷致，皆詞之累也。至若語句參差，本便旖旎，然雄放磊落，亦屬偉觀。成都太倉，稍臚上次，而持厥成言，又益增峻，遂使大江東去，竟爲逋客；三徑初成，没齒長竄。揆之通方，酷未昭晰。借云：詞本庳格，調宜冶唱。則等是以降，更有時曲。今南北九宫，猶多鞺鞳之響，况古創兹體，原無定畫，何必抑彼南轅，同還北轍？抽兒女之狎衷，頓狂士之憒薄哉？

金粟詞話彭孫遹字駿孫，海鹽人。

詞以自然爲宗，但自然不從追琢中來，便率意無味。如所云絢爛之極，乃造平淡耳。若使語意淡遠者，稍加刻畫，鏤金錯綉者，漸近天然，則駸駸乎絶唱矣。

作詞必先選料，大約用古人之事，則取其新僻，而去其陳因。用古人之語，則取其清雋，而去其平實。用古人之字，則取其鮮麗，而去其淺俗。不可不知也。

長調之難於小調者，難於語氣貫串，不冗不複，徘徊宛轉，自然成文。今人作詞，中小調獨多，長調寥寥不概見，當由興寄所成，非專詣耳。

詠物詞極不易工，要須字字刻畫，字字天然，方爲上乘。即間一使事，亦必脱化無迹乃妙。

蓉渡詞話董以寧字文友，常州人。

嚴給事與僕論詞云：近日詩餘，好亦似曲。僕謂詞與詩、曲，界限甚分，似曲不可，似詩仍復不佳。譬如擬六朝文，落唐音，固卑，上侵漢調，亦覺傖父。

余常與程村論詞云：劉子威云詞以綢繆婉孌、懷思綿邈、醞藉風流、感結淒怨、艷冶宕逸爲工，雖有以激梟驕健、雄舉典雅爲尚者，不皆然也。此論與弇州神合，然謂詞發乎情，律之風雅則罪，乃黄才伯欲盡理還之喻耳。前輩故好作是語。

金粟謂近人詩餘，能作景語，不能作情語。僕則謂情語多，景語少。同是一病。但言情至色飛魂動時，乃能于無景中着景，此理亦近人未解。艾菴乃謂僕自道，試以質之阮亭。

遠志齋詞衷鄒祗謨

朱承爵《存餘堂詩話》云：詩詞雖同一機杼，而詞家意象，與詩略有不同。句欲敏，字欲捷，長篇須曲折三致意，而氣自流貫，乃得。此語可爲作長調者法，蓋詞至長調而變已極。南宋諸家凡以偏師取勝者無不以此見長。而梅溪、白石、竹山、夢窗諸家，麗情密藻，盡態極妍。要其瑰琢處，無不有蛇灰蚓綫之妙，則所云一氣流貫也。

余常與文友論詞，謂小調不學《花間》，則當學歐、晏、秦、黄。《花間》綺琢處，於詩爲靡，而於詞則如古錦紋理，自有黯然異色。歐、晏蘊藉，秦、黄生動，一唱三嘆，總以不盡爲佳。清真、樂章以短調行長調，故滔滔莽莽處，如唐初四傑，作七古嫌其不能盡變。至姜、史、高、吴，而融篇煉句琢字之法，無一不備。今惟合肥兼擅其勝，正不如用修好入六朝麗字，似近而實遠也。

小調换韻，長調多不换韻。間如《小梅花》、《江南春》諸調，凡换韻者，多非正體，不足取法。

張玉田謂詞不宜和韻，蓋詞語句參錯，復格以成韻，支分驅染，欲合得離。能如李長沙所謂善用韻者，雖和猶如自作，乃爲妙協。

詠物固不可不似，尤忌刻意太似。取形不如取神，用事不若用意。宋詞至白石、梅溪，始得個中妙諦。

詞至詠古，非惟着不得宋詩腐論，並着不得晚唐人翻案法。反復流連，别有寄托，如楊文公讀義山「珠箔輕明」一絶句，能得其措辭寓意處，便令人感慨不已。

賀黄公云：生平不喜集句詩，以佳則僅一斑斕衣，不佳且百補破衲也。至詞則尤難神合。

詞有隱括體，有迴文體。迴文之就句回者，自東坡、晦菴始也。其通體回者，白義仍始也。近來吾友公阮、文友，有一首回作兩調者，文人慧筆，曲生狡獪，此中故有三味，匪徒乞靈賣家餘巧也。

詩語入詞，詞語入曲，善用之即是出處，襲而愈工。阮亭持此論。

花草蒙拾王士禛字阮亭，新城人。

花間字法，最着意設色，異紋細艷，非後人纂組所及。如「淚沾紅袖黦」、「猶結同心苣」、「荳蔻花間趖晚日」、「畫梁塵黦」、「洞庭波浪颭晴天」，山谷所謂古蕃錦者，其殆是耶。

或問《花間》之妙，曰：蹙金結繡而無痕跡。問《草堂》之妙，曰：采采流水，蓬蓬遠春。

詞中佳語，多從詩出。如顧太尉「蟬吟人靜，斜日傍小窗明，」毛司徒「夕陽低映小窗明」，皆本黄奴「夕陽如有意，偏傍小窗明」。若蘇東坡之「與客攜壺上翠微」《定風波》，賀東山之「秋盡江南草木凋《太平時》，皆文人偶然游戲，非向樊川集中作賊。二詩皆杜牧之。

前輩謂史梅溪之句法、吳夢窗之字面，固是確論。尤須雕組而不失天然，如「綠肥紅瘦」、「寵柳嬌花」，人工天巧，可稱絶唱。若「柳腴花瘦，蝶悽蜂慘」，即工，亦巧匠琢山骨矣。

唐無詞，所歌皆詩也。宋無曲，所歌皆詞也。宋諸名家，要皆妙解絲肉，精於抑揚抗墜之間，故能意在筆先，聲叶字表。今人不解音律，勿論不能創調，即按譜徵詞，亦格格有心手不相赴之病，欲與古人較工拙於毫釐，難矣。

陸氏《詞旨》云：「對句好可得，起句好難得，收拾全藉出場。」三語盡填詞之概。

詞韻説毛先舒

去矜詞韻例，取范希文《蘇幕遮》詞，地、外二字相叶。又取蔣勝欲《探春令》詞，處、翅、住、指四字相叶。疑於支紙、魚語、佳蟹三部韻可以互通。先舒按：宋詞此類僅見數首，如辛棄疾《南歌子·新開河》詞本江佳蟹韻，而起韻用「時」字。歐陽修《踏莎行·離别》詞本支紙韻，而末韻用「外」字。姜夔《疏影·詠梅》詞本屋沃韻，而中用「北」字。柳耆卿《送征衣》詞本江講韻，而末用「遥」字。當是古人誤處，未宜遽用爲例。又如棄疾《滿江紅·詠春晚》詞，十七篠與二十六有合用，此獨毛詩有其法，如《陳風·月出》皎、皓、糾、懰、受相叶，《豳風》「四之日其蚤，獻羔祭韭」之類。及他書，僅見數條。然止數字，未必全韻皆通也。又在騷賦則宜，施之填詞尤屬創異，蓋宋詞多有越韻者，至南渡尤甚。此如李、杜諸公詩，間有雜韻，晚唐律體首句出韻，古人隳法護，前類復爾爾，未足遽以爲式也。

遠志齋詞韻衷　鄒祇謨

阮亭常與余論韻，謂周挺齋《中原音韻》爲曲韻，則范善溱《中州全韻》當爲詞韻，至《洪武正韻》，斟酌諸書而成，其於詩韻，有獨用併爲通用者東、冬、清、青之屬，有一韻拆爲二韻者虞、模、麻、遮之屬。如冬、鐘併入東韻，江併入陽韻，挑出元字等入先韻，翻字、殘字入刪韻，俱於宋詞暗合，填詞者所當援據，議極簡核。但愚按：《中州》之比《中原》止省陰陽之別，及所收字微寬耳。其減入聲作三聲，及分車、遮等韻，則一本《中原》，尚與詞韻有辨，即阮亭舊作如《南鄉子》、《卜算子》、《念奴嬌》、《賀新郎》諸闋，所用魚模仄韻，有將入聲轉叶者，俱用《中州》韻故耳。揆諸宋人韻腳所拘，借用一二，亦轉本音，竟爾通叶，昔人少覯。至毛氏南曲韻十九則，乃全依《正韻》分部。而又云：沈氏《詞韻》、《中原音韻》可以參用。大約詞韻寬於詩韻，合諸書，參伍以盡其變，則瞭如指掌矣。

宋人詞韻有通用至數韻者，有忽然出一韻者，有數人如一轍者，有一首而僅見者，後人不察，利爲輕便，一韻偶侵，遂延他部，數字相引，竟及全文。此毛氏「一人通譜，全族通譜」之喻爲不易也。學者但遵成法，并舉習見者爲繩尺，自鮮蹉跌，無遽以魯男子之不可學，柳下惠之可學耳。

毛氏《五韻目》云：柴氏《古韻》爲晉宋以前古體詩辭之韻，孫愐《唐韻》爲齊梁以後古近體詩詞之韻，周德清《中原音韻》爲北曲韻，沈氏《詞韻》爲填詞韻，毛氏《南曲正韻》爲南曲韻，畦畛劃然。陳其年叙有云：「自六季以訖金元，新聲代啟，韻亦因之。若使擬《贈婦》、《述祖》之篇，而必押家爲姑，作吴歈、越艷之體，而乃激些成亂。染指化間，而預爲車遮勸進。耽情南曲，而仍爲闕鄭殘客。實大雅之罪人，抑閨襜之別録也。」此數語可爲破的。

# 調名匯辨

齊天樂
五福降中天
又齊天樂別名
慶同天小令
又怨王孫別名
應天長小令
又長調或加慢字
壺中天慢念奴嬌別名或無慢字
喜朝天
又踏莎行別名
千秋引
千秋歲
又念奴嬌別名
千秋歲令千秋歲引別名
千秋歲引
千秋萬歲千秋歲引別名
慶千秋即漢宮春
千年調相思會別名
萬年歡
萬斯年曲思帝鄉別名
福壽千春
八節長歡
慶佳節
四代好即宴清都

太平年
太平時即賀聖朝影
太平歡念奴嬌別名
昇平樂
昇平世探春令別名
安平樂慢
快活年近拍
三登樂
應景樂
元會曲水調歌頭別名
聖名樂
太和
大有
有有令
宣清
慶宣和
豐年瑞水龍吟別名

透碧霄
獻天壽
獻天壽令
壽延長破字令
長壽樂
保壽樂
壽陽曲
十二時或加令字
又長調或加慢字
又平韻另格
又憶少年別名
好時光
春光好
又喜遷鶯別名
春從天上來
陽春或加曲子
又喜春來別名

又驀山溪別名
上陽春同上
春陽曲
踏陽春
慶春澤小令
又長調
又即高陽臺
慶春時
喜春來
佔春芳
恨春遲
望春回即惜餘歡
傷春怨
一點春
一年春青玉案別名
萬里春
迎新春

迎春樂
探春令
探春慢或無慢字
留春令
惜春令
惜春全全當作令，然字句不同。
惜餘春慢
春曉曲
又玉樓春別名
春宵曲南歌子別名
春去也即憶江南
早春怨柳梢青別名
春尚早謁金門別名
春早湖山同上
春霽即秋霽
春歸怨
戀芳春慢與萬年歡相似

馬家春慢
南州春色
曲游春
春聲碎
慶長春念奴嬌別名
春夏兩相期
夏初臨即燕春臺
秋宵吟
秋霽即春霽
知秋令天香引別名
百字知秋令百字折桂令別名
廣寒秋浣溪沙別名
又天香引別名
雲淡秋空柳梢青別名
秋色橫空
又燭影搖紅別名
秋思耗

清商怨
雨洗元宵柳梢青別名
寒食詞祝英臺近別名
拜星月慢星一作心，或無慢字
壽星明沁園春別名
落日斜梧桐影別名
月宮春
月中行
月華清
人月圓
明月引即江城梅花引
秋夜月
深夜月搗練子別名
深院月同上
湘春夜月
湘月即念奴嬌
期夜月

望漢月 望一作憶
花上月令
明月逐人來
瑤臺月
緱山月
西江月
西江月慢
江月令 西江月別名
城頭月
松梢月
酹江月 即念奴嬌
南浦月 點絳唇別名
明月生南浦 蝶戀花別名
西樓月 春曉曲別名
秦樓月 憶秦娥別名
長橋月 即霜天曉角
月當廳
月當窗 霜天曉角別名
疏簾淡月 即桂枝香
憶蘿月 清平樂別名
月邊嬌
拜新月
步月
雪月交光 即醉蓬萊
冰玉風月 醉蓬萊別名
風光好
春風嫋娜
舞春風 瑞鷓鴣
醉春風
又 即醉花陰
沉醉東風
東風齊着力
東風寒 浣溪沙別名
清和風 同上

東風吹酒面謁金門別名
一絲風訴衷情別名
秋風清
秋風詞別名
落梅風
緑蓋舞風輕
清風滿桂樓
數花風鳳凰閣別名
瑞雲濃小令
瑞雲濃慢雲一作雪
彩雲歸
冉冉雲
春雲怨
夏雲峰
暮雲碧
巫山一段雲
巫山一片雲菩薩蠻別名

渡江雲
碧雲深憶秦娥別名
楚雲深生查子別名
白雲詞念奴嬌別名
山外雲茅山逢故人別名
望南雲慢
望雲間
夢行雲
秋夜雨
梅子黃時雨
黃梅雨別名
瀟湘夜雨
又即滿庭芳
瀟瀟雨八聲甘州別名
沙頭雨點絳唇別名
弄花雨冉冉雲別名
細雨吹池沼蝶戀花別名

雨零鈴零或作淋

白雪

雪花飛

雪明鳷鵲夜明或作寒

雪夜漁舟

飛雪滿群山群一作堆　扁舟尋舊約別名

踏雪行踏莎行別名

甘露歌

露華或加慢字

甘露滴喬松

金風玉露相逢曲鵲橋仙別名

散餘霞

翦朝霞鷓鴣天別名

晝夜樂

夜半樂

子夜歌

又菩薩蠻別名

夜厭厭夜行船別名

清夜游

晴偏好

賀新涼

鎖窗寒

春江花月夜

夜飲朝眠曲

惜花春起早慢

愛月夜眠遲慢或無慢字

天下樂令

又

思帝鄉

憶帝京

玉京秋

還京樂

夢還京

小重山

小冲山別名
江月晃重山
壽山曲
家山好
龍山會
　遠山橫風入松別名
青山遠彩鸞歸令別名
山漸青長相思別名
青山相送迎同上
晴色入青山生查子別名
高山流水
如此江山齊天樂別名
寰海清
望海潮
　海天闊處水龍吟別名
滿江紅
　上江虹別名

大江東去念奴嬌別名
　大江西上曲同上
江城子小令。城一作神
　江城子慢
攤破江城子即江梅引
望江怨
江亭怨
　夢江口憶江南別名
望明河
黃河清慢
西河
河傳傳一作轉。
　關河令清商怨別名
三洲歌
驀山溪
西溪子
南浦

芳草渡 小令
又 另格
過澗歇
過澗歇近
望雲涯引
簇水
江兒水 岷江綠別名
一江春水 虞美人別名
桃花水 訴衷情別名
泛清波摘遍
清波引
回波樂
淩波曲 醉太平別名
定風波 小令
又 長調
浪淘沙 小令
浪淘沙近
浪淘沙慢
天淨沙
浣溪沙 小令
浣溪沙慢
攤破浣溪沙
一痕沙 昭君怨別名
又 點絳唇別名
玉水明沙 柳梢青別名
六州
六州歌頭
甘州曲
又 八聲甘州別名
甘州子
甘州令
甘州遍
八聲甘州
涼州歌 涼一作梁

涼州令
伊州歌
伊州三臺
伊川令 川或作州
石州引 引一作慢
氏州第一
睦州歌
簇拍睦州
熙州慢
　熙州摘遍 氏州第一別名
勝州令 令當作慢
　夏州 鬥百花別名
揚州慢
夢揚州
江南弄
江南春
江南春慢

憶江南
　江南憶 皆別名
望江南
夢江南
　江南好 滿庭芳別名
望江東
越江吟
岷江綠
　清江引 別名
清江曲
曲江秋
瀟湘靜
　湘江靜
望湘人
瀟湘逢故人慢
　洞庭春色 沁園春別名
南鄉子

望秦川南歌子別名
絳都春
洛陽春
蜀溪春
越溪春
武陵春
沁園春
淮甸春念奴嬌別名
高陽臺
陽臺路
陽臺怨
陽臺夢
瑣陽臺滿庭芳別名
華胥引
華清引
西平樂或加慢字
上平西金人捧露盤別名
上西平俱同上
西平曲
上南平
小鎮西
小鎮西犯
鎮西別名
塞垣春
沙塞子塞一作磧
塞姑
塞孤
入塞
出塞謁金門別名
塞上秋天淨沙別名
歸塞北望江南別名
征部樂
定西番
番搶子

蕃女怨
遐方怨
回紇曲
怨回紇
八拍蠻
輪臺子
玉關遙 月上海棠別名
隴頭月 柳梢青別名
隴頭泉 多麗別名
陽關曲
陽關引
古陽關
又 陽關引別名
賀聖朝
賀聖朝影 與添聲楊柳枝不同
賀明朝
慶清朝慢
滿朝歡
又 萬年歡別名
歸朝歡
歸朝歡令 玉樓春別名
遠朝歸
朝中措
醉蓬萊
步蟾宮
蟾宮曲 天香引別名
蟾宮引 同上
慶春宮 春宮或作宮春
漢宮春 或加慢字
楚宮春慢 或無慢字
夜游宮
瑞宮春 滿宮花別名
桂殿秋
殿前歡

瓊臺
瑤臺第一層
瑤臺聚八仙即八寶妝
三臺
又
三臺令
鳳凰臺上憶吹簫
帝臺春
鳳凰閣
繞佛閣
　蓬萊閣憶秦娥別名
望仙樓
最高樓
樓上曲
翠樓吟
江樓令
壽樓春

玉樓春
鳳樓春
倚西樓
　上西樓□□□別名
西樓子
西樓秋夜月
　南樓令
　醉紅樓醉紅妝別名
遇秦樓
金蓮繞鳳樓
鶯聲繞紅樓
清風八詠樓
百尺樓卜算子別名
　小樓連苑水龍吟別名
堂堂
晝錦堂
錦堂春與烏夜啼不同

又或加慢字
玉堂春
畫堂春
上林春或加令字
上林春慢
錦園春
杏園芳
迴心院
滿院春浣溪沙別名
滿庭芳
滿庭霜
撼庭秋
庭院深深臨江仙別名
長亭怨慢或無慢字
孤館深沉
鳳池吟
金明池

昆明池
謝池春慢
謝池春即風中柳
遶池游
遶池游慢
望仙門
謁金門
婆羅門令
望月婆羅門引或無望月二字又無引
送入我門來
過龍門浪淘沙別名
朝玉階
御街行街或作階
月城春即四犯翦梅花
醉鄉春
村意遠江城子別名
鵲橋仙

又或加慢字
金浮圖
畫屏春
紅窗迴
紅窗影別名
紅窗聽聽或作睡
紗窗恨
碧窗夢南歌子別名
綺寮怨
玉闌干
小闌干
又眼兒媚別名
又少年游別名
闌干萬里心憶王孫別名
愁倚闌令春光好別名
朝天子
憶君王憶王孫別名

大聖樂
又沁園春別名
小聖樂
祭天神
河瀆神
瀟湘神
江神子慢神一作城
江神子江城子別名
二郎神
轉調二郎神十二郎別名
迷神引
迎神歌
送神歌
月中仙與月中桂相似而不同
天仙子
水仙子
凌波仙別名

洞仙歌或加令字
洞仙詞俱別名
洞中仙
羽仙歌
洞仙歌慢
臨江仙
又長調
臨江仙引
雲仙引
迷仙引
長壽仙
黃鶴洞仙
東仙沁園春別名
謫仙怨
夢游仙望江南別名
又戚氏別名
洛妃怨昭君怨別名
湘妃怨水仙子別名
馮夷曲同上
菩薩蠻
菩薩蠻慢即解連環慢　一作引
侍香金童
傳言玉女
山鬼謠摸魚子別名
醉公子
又長調
安公子或作公安子
憶王孫
又即怨王孫
怨王孫與河傳相似
又另格
王孫信尋芳草別名
惜春郎
夢仙郎郎或作鄉

賀新郎 賀新涼別名
少年游
少年游慢
少年心
添字少年心
美少年 生查子別名
憶少年 十二時別名
風流子
又 長調
好女兒
又 相思兒令別名
長命女
薄命女 別名
薄命妾
憐薄命 祝英臺近別名
如意娘
紅娘子 連理枝別名

似娘兒 攤破南鄉子別名
拾菜娘 瑞鷓鴣別名
百媚娘
三姝媚
薄媚
薄媚摘遍
玉人歌
夢玉人引
佳人醉
憶瑤姬
又 即別瑤姬慢
別瑤姬慢
憶真妃 相見歡別名
憶秦娥
憶仙姿 如夢令別名
醜奴兒 即採桑子
醜奴兒慢

倚闌人
憑闌人
思遠人
思越人
望夫歌羅嗊曲別名
接賢賓
集賢賓
迎客曲
送客曲
留客住
思佳客鷓鴣天別名
思佳客令歸自謠別名
步虛子令
步虛詞
又西江月別名
又金錯刀別名
女冠子

又長調
選冠子冠或作官
漁父引
漁父詞
漁父漁歌子別名
漁父樂同上
漁父家風訴衷情別名
漁歌子
漁家傲
塞翁吟
兩同心
好心動花心動別名
眉嫵
眉峰碧
眼兒媚
秋波媚別名
點絳唇

真珠髻
皂羅特髻
鬢邊華
　鬢雲鬆 蘇幕遮別名　或加令字
柳腰輕
　緑腰 六幺令別名
玉抱肚
　惜春容 玉樓春別名
感皇恩
又 另格
　又 泛青苕別名
感恩多
睿恩新
謝新恩
受恩深 受一作愛
喜團圓
　與團圓 別名

喜長新
相見歡
惜餘歡
　恨歡遲 即恨來遲
永遇樂
長生樂
逍遥樂
　貧也樂 小梅花別名
閒中好
　端正好 於中好別名
好事近
聖無憂
無悶
憶悶令
　無俗念 念奴嬌別名
無愁可解
　愁春未醒 採桑子慢別名

調笑令
　古調笑俱別名
三臺調笑
宮中調笑
調笑集句
調笑轉踏
憶人人
憶故人
　空相憶謁金門別名
情久長
訴衷情
訴衷情近
獻衷心
戀情深
　傷情遠清商怨別名
　惕情怨同上
意難忘

相思兒令
　又另格
相思令別名
又長相思別名
琴調相思引
　相思引別名
又碧玉簫別名
相思會
長相思或加令字
長相思慢
極相思
酷相思
百宜嬌
又眉嫵別名
內家嬌
又風流子別名
殢人嬌

念奴嬌
惜奴嬌
倚風嬌
憶多嬌長相思別名
多麗
個儂
薄倖
閂嬋娟霜葉飛別名
定風流定風波別名
十愛詞南歌子別名
醉太平
醉思仙
又醉太平別名
醉思凡醉太平別名
醉花間
醉花春謁金門別名
醉高歌
醉高春
醉吟商
醉妝詞
醉紅妝
醉落魄即一斛珠
不怕醉謁金門別名
如夢令
無夢令別名
且坐令
樂游曲
踏青游
掃花游
掃地游別名
憶舊游
倦尋芳
別怨
離別難

又 長調
新念別 夜游宮別名
別素質 憶瑤姬別名
惜分飛
望遠行
又 長調
歸國謡
歸自謡
歸字謡 蒼梧謠別名
八歸
歸去來
歸去曲 憶故人別名
歸去難 滿路花別名
歸田樂
思歸樂
送將歸 雨中花別名
莫思歸 拋球樂別名

恨來遲
淒涼犯 犯或作調
蘇武慢 與惜餘春慢選冠子相似
嵇康曲
蘭陵王
小秦王
阮郎歸
郭郎兒近拍
何滿子 何一作河
解紅
解紅慢
醉翁操
東坡仙引
憶東坡
石湖仙
西施
西子妝慢

虞美人
虞美人影
轉聲虞美人即胡搗練
戚氏
昭君怨
　羅敷媚採桑子別名
　羅敷艷歌同上
祝英臺近或無近字
　英臺詞別名
　古祝英臺即甘露歌
杜韋娘
　謝秋娘即望江南
七娘子
師師令
導引
法駕導引
太常引
　太清引別名
翠華引
遥天奉翠華引
引駕行
三奠子
大酺
宴瑤池
　又八聲甘州別名
瑤池燕
宴瓊林
宴清都
燕春臺
夏日宴黌堂
燕山亭
山亭宴
後庭宴
離亭燕

飛龍宴
宴桃源如夢令別名
又阮郎歸別名
宴西園昭君怨別名
舜韶新
法曲獻仙音
獻仙音別名
法曲第二
八音譜
三部樂
徵招
徵招調中腔
角招
哨遍
韻令
樂世六幺令別名
録要同上

曲入冥浪淘沙別名
蹋歌
蹋歌辭
歌頭
南歌子
水調歌
水調歌頭
凱歌別名
驪歌一疊鷓鴣天別名
清平調
清平樂令或無令字
宛轉歌
宛轉曲字字雙別名
轉應曲
囉嗊曲
阿那曲
紇那曲

蘇摩遮
得體歌
十拍子
雙聲子
雙韻子
　聲聲令即勝勝令
　聲聲慢即勝勝慢
品令
兀令
破字令
側犯
倒犯
尾犯
花犯
　銹鸞鳳花犯別名
四犯令
玲瓏四犯

　又另格
埽地舞
破陣子
破陣樂
　高冠軍蘭陵王別名
勝勝令
勝勝慢
贊成功
贊浦子浦一作普
一寸金
滴滴金
　重疊金菩薩蠻別名
　一籮金蝶戀花別名
金字經
　閱金經別名
金錯刀
　疊青錢即採桑子慢

玲瓏玉
　玉瓏璁即擷芳詞
玉團兒
一斛珠
　一斛夜明珠別名
珍珠令
採明珠
八寶妝
又長調
　又即金盞子
　百寶妝八寶妝別名
寶鼎現
　寶鼎兒
得寶歌
金盞子
　又即新雁過妝樓
金盞子令

金盞倒垂蓮
　獻金杯獻一作甗
傾杯
古傾杯
傾杯樂
傾杯令
傾杯近
鳳銜杯
荷葉杯
尉遲杯
上行杯
青玉案
金人捧露盤
茶瓶兒
　玉壺冰虞美人別名
剔銀燈
玉燭新

燭影搖紅
又 憶故人別名
西窗燭
更漏子
又 長調
玉漏遲
玉山枕
枕屏兒
枕屏風 小重山別名
戀綉衾
戀香衾
玉簟涼
玉簟秋 一翦梅別名
錦帳春
越女鏡心 法曲獻仙音別名
珍珠簾
水晶簾

又 南歌子別名
又 江神子別名
珠簾捲
捲珠簾 蝶戀花別名
隔簾聽
蘇幕遮
慢捲綢
勸金船
下水船
夜行船
明月棹孤舟 別名
扁舟尋舊約 即飛雪滿群山
泛蘭舟
又 折新荷引別名
撥棹子
卓牌子 子一作兒
卓牌子近

卓牌子慢
黃鍾樂
劍器近 器一作氣
奪錦標
拋球樂
又 長調
輥繡球
醉垂鞭
檐前鐵
鋸解令
　轆轤金井 即四犯翦梅花
拂霓裳
霓裳中序第一
送征衣
惜紅衣
　金縷衣 賀新涼別名
金縷曲
又 賀新涼別名
金縷歌 同上
貂裘換酒 同上
黃金縷 蝶戀花別名
紅羅襖
濕羅衣 中興樂別名
青衫濕 人月圓別名
綠蓑令 漁家傲別名
繫裙腰
濺羅裙 泛青苕別名
玉女搖仙珮
解珮令
合歡帶
御帶花
鈿帶長中腔
　綉帶子 相思兒令別名
握金釵 握或作戛

釵頭鳳即擷芳詞
惜分釵同上
寶釵分祝英臺近別名
玉連環
玉聯環即一絡索
解連環即望梅
解佩環即疏影
玉珥度金環即燭影搖紅別名
玉耳墜金環
鞓紅
金鳳鉤
九張機
嗚梭
錦纏道
錦纏絆
西地錦
遍地錦遍地花別名

綺羅香
試香羅浣溪沙別名
淡紅綃千秋引別名
白苧
白苧歌別名　或加三犯二字
搗練子
胡搗練
五彩結同心
一絡索
五雜俎
兩頭纖纖
垂絲釣
濯纓曲阮郎歸別名
綉停針
喝火令
索酒
昔昔鹽

鹽角兒
糖多令糖或作唐
穆護砂
煉丹砂浪淘沙別名
湘靈瑟
醉瑤瑟金錯刀別名
鳳簫吟
紫玉簫
碧玉簫
月底修簫譜祝英臺近別名
憶吹簫鳳凰臺上憶吹簫別名
曲玉管管一作琯
笛家弄
鼓笛令
鼓笛慢
又即水龍吟
月下笛與瑣窗寒相似

釣船笛好事近別名
琵琶仙
霜天曉角
邱家箏小秦王別名
箜篌曲糖多令別名
鬥百花
一叢花
一枝花
喝馬一枝花別名
十樣花
四檻花
花發狀元紅
花發沁園春
後庭花
玉樹後庭花別名
小庭花同上
後庭花破子

又即怨王孫
玉交枝憶秦娥別名
又琴調相思引別名　交一作嬌
八犯玉交枝即八寶妝
八寶玉交枝別名
連理枝
東風第一枝
秋風第一枝天香引別名
天香第一枝同上
萬年枝喜遷鶯別名
一枝春
賞南枝
壽南枝念奴嬌別名
傳花枝
南柯子南歌子別名
蕊珠閒
秋蕊香
秋蕊香引
玉碾蕚掃地舞別名
霜葉飛
一葉落
瑶華或加慢字
惜瓊花
早梅芳
又或加慢字
又喜遷鶯別名
早梅芳近
早梅香或加慢字　即蠟梅香
梅香慢
玉梅香慢
玉梅令
雪梅香慢
小梅花
梅花令霜天曉角別名

古梅曲念奴嬌別名
一翦梅
南鄉一翦梅
四犯翦梅花
春雪間早梅
江城梅花引
江梅引俱別名
四笑江梅引
梅花引
又小梅花別名
鬲溪梅令
梅弄影
望梅
望梅花
又長調
又另格
望江梅望江南別名

照江梅朝中措別名
尋梅
折紅梅
憶黃梅
惜寒梅
比梅如夢令別名
醉梅花鷓鴣天別名
落梅或加慢字
梅月圓朝中措別名
梅和柳生查子別名
蠟梅香
又一翦梅別名
玉蠟梅枝少年游別名
杏花天
又即端正好
又念奴嬌別名
杏花風杏花天別名

又虞美人影別名
杏花天影
杏花天慢
青杏兒採桑子別名
木蘭花
木蘭花慢
減字木蘭花
減蘭別名
偷聲木蘭花
木蘭香減蘭別名
月照梨花即怨王孫
桃花行
桃花曲十二時別名
小桃紅連理枝別名
又平湖樂別名
碧桃春阮郎歸別名
二色宮桃
十月桃桃一作梅
烘春桃李喜遷鶯別名
碧牡丹
碧牡丹慢
翦牡丹
月上海棠或加慢字
海棠春或加令字
海棠花後庭花別名
丁香結
夜合花
映山紅慢
爪茉莉
月中桂
桂華明
桂枝香
百字折桂令
折桂令天香引別名

折丹桂
又步蟾宮別名
桂飄香花心動別名
醉木犀浣溪沙別名
紅芍藥
採蓮子
又平湖樂別名
採蓮令
雙頭蓮令
雙頭蓮長調
雙瑞蓮
二色蓮
青房並蒂蓮
相府蓮
簇拍相府蓮
隔浦蓮或加近字或加近拍
並蒂芙蓉
雙蕖怨摸魚子別名
芙蓉月
碧芙蓉即尾犯
芙蓉曲朝中措別名
金菊對芙蓉
夢芙蓉
荷華媚
乾荷葉
折新荷引
新荷葉別名
雙荷葉憶秦娥別名
荷葉鋪水面
驟雨打新荷小聖樂別名
芰荷香
蕙蘭芳引
秋蘭香
澡蘭香

菊花新 新一作心
霜菊黄 浣溪沙别名
惜黄花
惜黄花慢
賞松菊
紫萸香慢
赤棗子
紅林檎近
荔支香
荔支香近
荔支丹
點櫻桃 點絳唇别名
採桑子
採桑子慢
添字採桑子
促迫採桑子
攤破採桑子
柘枝引
慶靈椿
大椿
莊椿歲 水龍吟别名
風入松
舞揚花
垂楊
垂楊碧 謁金門别名
楊花落 同上
楊柳枝
柳枝
柳初新
柳色新 小重山别名
柳色黄 石州引别名
柳梢青
淡黄柳
章臺柳

山亭柳
市橋柳
亭前柳
廳前柳
　江南柳望江南別名
風中柳
柳含烟烟一作金
柳摇金
倒垂柳
　柳長春踏莎行別名
　憶柳曲虞美人別名
梧桐影
擊梧桐
梧葉兒
　缺月掛疏桐卜算子別名
金蕉葉
薦金蕉

芭蕉雨
又另格
竹枝
竹香子
四園竹
撼庭竹
　風敲竹賀新涼別名
麥秀兩歧
　豆葉黃憶王孫別名
　雙紅豆長相思別名
鬥百草
瑤階草
芳草即鳳簫吟
尋芳草
　尋瑤草點絳唇別名
甘草子
春草碧

又番搶子別名
宜男草
菖蒲綠歸朝歡別名
白蘋香西江月別名
疊蘿花感皇恩別名
踏莎行或加令字
轉調踏莎行
探芳新
探芳信即玉人歌
惜芳菲惜分飛別名
摘紅英即擷芳詞
擷芳詞
折紅英同上
摘得新
惜秋華
惜餘妍別名
天香
天香引
古香慢
國香慢
暗香
疏影
暗香疏影
行香子
行香子慢
翻香令
四和香四犯令別名
紅情即暗香
綠意即疏影
採綠吟
一萼紅
一捻紅瑞鶴仙別名
丹鳳吟
又即孤鸞

丹鳳鳴
彩鳳飛
鳳孤飛
鳳來朝
鳳歸雲
鳳棲梧（蝶戀花別名）
鳳鸞雙舞
換巢鸞鳳
彩鸞歸令
孤鸞
黃鶴引
瑞鶴仙
瑞鶴仙令（臨江仙別名）
瑞鶴仙影（淒涼犯別名）
鶴冲天
又（春光好別名）
又（喜遷鶯別名）

黃鶯兒
喜遷鶯（或加令字）
又（長調）
春鶯囀
鶯啼序
燕鶯語（祝英臺近別名）
雙燕兒
雙雙燕
燕歸慢
燕歸梁
又（春光好別名）
燕歸來（同上）
乳燕飛（賀新涼別名）
杏梁燕（望梅別名）
雙雁兒
孤雁兒（御街行別名）
新雁過妝樓（即金盞子）

雁後歸臨江仙別名
孤鴻卜算子別名
鸚䴉曲
瑞鷓鴣
又長調
鷓鴣天
鷓鴣詞
雙鸂鶒
黃鸝繞碧樹
感黃鸝八六子別名
吉了犯倒犯別名
鴛鴦怨曲于飛樂別名
怨啼鵑浣溪沙別名
夜飛鵲慢
鵲踏枝蝶戀花別名
聞鵲喜謁金門別名
烏夜啼
又另格
又相見歡別名
莫打鴨
鴨頭緑即多麗　一作緑頭鴨
鬥鷄回回一作曲
于飛樂令或無令字
翠羽吟
拾翠羽
蝴蝶兒
粉蝶兒
粉蝶兒慢
玉蝴蝶
又長調
素蛺蝶花發狀元紅別名
蝶戀花
鳳蝶令南歌子別名
撲蝴蝶或加近字

孟家蟬
瑞龍吟
水龍吟
　龍吟曲（別名）
聒龍謠
如魚水
魚游春水
　魚水同歡（蝶戀花別名）
摸魚子（子一作兒）
竹馬子（子一作兒）
　番竹馬（別名）
舞馬詞
飲馬歌
駐馬聽
冒馬索
雪獅兒
　獅兒詞

使牛子
黃麞歌
解蹀躞
　玉蝶躞
卜算子
卜算子慢
一七令
八六子
字字雙
惜雙雙（惜雙雙令別名）
三字令
四字令
十六字令（蒼梧謠別名）
百字令（念奴嬌別名）
百字謠（同上）
一片子
三段子

怨三三

四换頭醉公子别名

六幺令

六幺花十八蓦行雲别名

六醜

十八香點絳唇别名